T0023634

VIAJE ALREDEDOR DE LA LUNA

Julio Verne

VIAJE ALREDEDOR
DE LA LUNA

Traducción: Juan-José Marcos García

Mestas
ediciones

Selección
CLÁSICOS UNIVERSALES

© MESTAS EDICIONES, S.L.
Avda. de Guadalix, 103
28120 Algete, Madrid
Tel. 91 886 43 80
Fax: 91 886 47 19
E-mail: info@mestasediciones.com
www.mestasediciones.com
http://www.facebook.com/MestasEdiciones
http://www.twitter.com/#!/MestasEdiciones
© Traducción: Juan-José Marcos García

Director de colección: J. M. Valcárcel

Ilustración de cubierta bajo licencia Shutterstock,
Autor: Swill Klitch

Primera edición: *Marzo, 2023*

ISBN: 978-84-18765-39-1
Depósito legal: M-2245-2023
Printed in Spain - Impreso en España

Reservados todos los derechos. Cualquier forma de reproducción, distribución, comunicación pública o transformación de esta obra solo puede ser realizada con la autorización de sus titulares, salvo excepción prevista por ley. Diríjase a CEDRO (Centro Español de Derechos Reprográficos - www.cedro.org), si necesita fotocopiar o escanear algún fragmento de esta obra.

INTRODUCCIÓN

Viaje alrededor de la Luna —publicada primero en fascículos en 1869 y más tarde de forma íntegra en 1870—, que continúa el relato titulado *De la Tierra a la Luna*, es la prolongación novelada de Julio Verne (1828-1905) que sabe combinar, gracias al artificio del narrador vigoroso, los mitos lunares imaginados por el hombre desde los inicios de la humanidad con los conocimientos científicos del siglo XIX. Esa mezcla, ese tejido de fantasía y conocimientos, es lo que constituye el aporte original de Verne, que funda el género de una ciencia-ficción que la realidad se encargó de confirmar en gran parte años después. Con el paso del siglo XX, la realidad científica lo transformó de autor de fantasías desbocadas a profeta del futuro tecnológico.

La novela narra cómo en el año 1865, el Gun-Club de la ciudad de Baltimore decide emprender un fabuloso proyecto: alcanzar la Luna a través de un gigantesco cañón, el Columbiad, que dispararía un gigantesco proyectil. El experimento sufrió un brusco cambio cuando tres valientes aventureros se ofrecen para viajar en el interior del proyectil, que será acondicionado como vagón de transporte, a modo de nave espacial. El impacto de un meteorito modifica la trayectoria de la nave e impide su alunizaje, haciendo que el bólido espacial se convierta a su vez en un satélite orbitando alrededor de la Luna y así su aventura emprende un rumbo nuevo, que les permitirá observarla a una distancia tan corta como nunca nadie la había visto.

En un relato apasionante, el lector va siguiendo los temores, dudas, alegrías y peripecias de los tres viajeros del proyectil, hasta llegar a un feliz desenlace; y, al mismo tiempo, va observando muy de cerca la Luna por medio de las descripciones de los protagonistas.

Desde un punto de vista analítico, la novela examina los temas de la ambición y el descubrimiento, así como la relación del hombre con la naturaleza y la tecnología. Además, explora ideas como el valor y la perseverancia contra las grandes dificultades, reflejando el poder del espíritu humano frente a la adversidad más aterradora. Combinando elementos de fantasía con otros de realismo, Verne desafía a los lectores a considerar sus propias perspectivas sobre la vida y el destino, con la creación de una obra apasionante y cautivadora que ha resistido el paso del tiempo, pues allanó el camino para que las generaciones futuras imaginaran y exploraran el espacio y sus posibilidades. Su legado se ha visto en muchas obras modernas de ciencia ficción, desde *Star Trek* y *La guerra de las galaxias* hasta *2001: Una odisea del espacio* e *Interstellar*. Estas piezas deben mucho al espíritu pionero de Julio Verne y a su visión de la exploración más allá de nuestro planeta. Además, esta aventura asentó las bases de un nuevo género literario que sigue inspirando a los lectores de hoy en día con sus emocionantes historias entre las estrellas.

Juan José Marcos García.

VOCABULARIO DE PALABRAS POCO COMUNES UTILIZADAS EN EL TEXTO

Legua: Medición de distancia antigua (unos 4 km).

Línea: Antigua medida de longitud que vale la duodécima parte de una pulgada, 2,1167 mm.

Londrès: Cigarro habano, originalmente fabricado para los ingleses.

Milla: Medida de longitud americana, 5280 pies, 1609 metros.

Pie: Medida de longitud americana, 0,3248 metros.

Pulgada: Medida de longitud americana, 2,54 cm, duodécima parte del pie.

Toesa: Una antigua medida de longitud que vale 6 pies (unos 2 metros).

CAPÍTULO PRELIMINAR

Que resume la primera parte de este libro, para servir de prefacio a la segunda

Durante el año 186... el mundo entero se vio singularmente impactado por un intento científico sin precedentes en los anales de la ciencia. Los miembros del Gun-Club, un círculo de artilleros fundado en Baltimore después de la Guerra de Secesión americana, habían tenido la idea de ponerse en comunicación con la Luna —sí, con la Luna— enviando un proyectil espacial hacia ella. Su presidente Barbicane, promotor de la empresa, habiendo consultado a los astrónomos del Observatorio de Cambridge, tomó todas las medidas necesarias para el éxito de esta extraordinaria empresa, declarada factible por la mayoría de las personas competentes. Después de haber promovido una suscripción pública, que recaudó cerca de treinta millones de francos, comenzaron sus gigantescas obras.

Según la nota redactada por los miembros del observatorio, el cañón destinado a lanzar el proyectil debía establecerse en un país situado entre 0 y 28 grados de latitud Norte o Sur, para apuntar a la Luna en su cénit. El proyectil debía tener una velocidad inicial de doce mil yardas por segundo. Lanzado el 1 de diciembre, a las once menos trece minutos y veinte segundos de la noche, debía alcanzar la Luna cuatro días después de su partida, el 5 de diciembre, precisamente a medianoche, en el momento en que el satélite se encontraría en su perigeo, es decir, a su máxima distancia de la Tierra, exactamente ochenta y seis mil cuatrocientas diez leguas.

Los principales miembros del Gun-Club, el presidente Barbicane, el comandante Elphiston, el secretario J.-T. Maston y otros científicos celebraron varias reuniones en las que se discutió la forma y la composición del proyectil, la disposición y la naturaleza del cañón, la calidad y la cantidad de la pólvora a utilizar. Se decidió: 1° que el proyectil sería una cápsula de aluminio de ciento ocho pulgadas de diámetro y doce pulgadas de espesor en sus paredes, que pesaría diecinueve mil doscientas cincuenta libras; 2° que el cañón sería un Columbiad de hierro de novecientos pies de largo, que se fundiría directamente en el suelo; 3° que la carga emplearía cuatrocientas mil libras de algodón detonante, que, ignicionando seis mil millones de litros de gas bajo el proyectil, lo llevaría fácilmente hacia el astro nocturno.

Resueltas estas cuestiones, el presidente Barbicane, con la ayuda del ingeniero Murchison, seleccionó un emplazamiento en Florida a 27° 7' de latitud Norte y 5° 7' de longitud Oeste. Fue en este lugar, tras un magnífico trabajo, donde se fundió el Columbiad con total éxito.

Las cosas habían llegado a este punto cuando se produjo un incidente que multiplicó por cien el interés por esta gran empresa.

Un francés, un parisino fantasioso, un artista tan ingenioso como atrevido, pidió encerrarse en el interior del proyectil para llegar a la Luna y realizar un reconocimiento del satélite terrestre. Este intrépido aventurero se llama Michel Ardan. Llegó a América, fue recibido con entusiasmo, celebró reuniones, fue llevado en triunfo, reconcilió al presidente Barbicane con su enemigo mortal, el capitán Nicholl, y, como muestra de reconciliación, los convenció de embarcarse con él en el proyectil.

La propuesta fue aceptada. La forma del proyectil fue cambiada. Se convirtió en cilíndrico-cónico. Este tipo de vagón aéreo estaba dotado de potentes resortes y tabiques rompibles que pretendían amortiguar el impacto de la salida. Se le proporcionó comida para un año, agua para unos meses y gas para unos días. Un aparato automático producía y suministraba el aire necesario para la respiración de los tres viajeros. Al mismo tiempo, el Gun-Club construyó un gigantesco telescopio en uno de los picos más altos de las Montañas Rocosas, que permitiría seguir el proyectil en su viaje por el espacio. Todo estaba listo.

El 30 de noviembre, a la hora señalada, en medio de una extraordinaria multitud de espectadores, se produjo la salida y, por primera vez, tres seres humanos, abandonando el globo terrestre, se pusieron en marcha hacia el espacio interplanetario con la casi certeza de alcanzar su objetivo. Estos audaces viajeros, Michel Ardan, el presidente Barbicane y el capitán Nicholl, debían completar su viaje en noventa y siete horas trece minutos y veinte segundos. Por consiguiente, su llegada a la superficie del disco lunar sólo podía producirse el 5 de diciembre, a medianoche, en el momento preciso en que estaría la fase de luna llena, y no el día 4, como habían anunciado algunos periódicos mal informados.

Pero, inesperadamente, la detonación producida por el Columbiad tuvo el efecto inmediato de perturbar la atmósfera terrestre al acumular una enorme cantidad de vapores. Este fenómeno despertó la indignación general, ya que la Luna quedó velada durante varias noches a los ojos de sus contempladores.

El digno J.-T. Maston, el más valiente amigo de los tres viajeros, partió hacia las Montañas Rocosas, en compañía del honorable J. Belfast, director del Observatorio de Cambridge, y llegó a la estación de Long's Peak, donde se encontraba el telescopio que permitió ver la Luna a menos de dos leguas. El honorable secretario del Gun-Club quiso observar en persona el vehículo de sus atrevidos amigos.

La acumulación de nubes en la atmósfera impidió cualquier observación durante los días 5, 6, 7, 8, 9 y 10 de diciembre. Se llegó a pensar que la observación tendría que posponerse hasta el 3 de enero del año siguiente, porque la Luna, al entrar en su último cuarto el día 11, sólo presentaría entonces una porción decreciente de su disco, insuficiente para permitir seguir el rastro del proyectil.

Pero finalmente, para satisfacción de todos, una fuerte tormenta despejó la atmósfera en la noche del 11 al 12 de diciembre, y la Luna, medio iluminada, destacó claramente sobre el cielo negro.

Esa misma noche, J.-T. Maston y Belfast enviaron un telegrama desde la estación de Long's Peak a los oficiales del Observatorio de Cambridge.

¿Pero qué decía el telegrama?

Anunciaba: que el 11 de diciembre, a las ocho y cuarenta y siete de la tarde, el proyectil lanzado por el Columbiad en Stone's-Hill había sido avistado por los señores Belfast y J.-T. Que el proyectil, desviado por alguna razón desconocida, no había alcanzado su objetivo, sino que había pasado lo suficientemente cerca como para ser retenido por la atracción lunar, que su movimiento rectilíneo se había transformado en circular y que luego, trazada en una órbita elíptica alrededor del astro de las noches, se había convertido en su satélite.

El telegrama añadía que todavía no se podían calcular los elementos de esta nueva estrella; y, en efecto, para determinar estos elementos son necesarias tres observaciones tomando la estrella en tres posiciones diferentes. A continuación, afirmaba que la distancia que separa el proyectil de la superficie lunar "puede" estimarse en unas dos mil ochocientas treinta y tres millas, es decir, cuatro mil quinientas leguas.

Finalmente, concluyó planteando esta doble hipótesis: o bien la atracción de la Luna acabaría imponiéndose y los viajeros alcanzarían su objetivo; o bien el proyectil, mantenido en una órbita inmutable, orbitaría el disco lunar hasta el fin de los siglos.

En estas distintas alternativas, ¿cuál sería el destino de los viajeros? Es cierto que tendrían comida durante algún tiempo. Pero incluso suponiendo el éxito de su temeraria empresa, ¿cómo regresarían? ¿Podrán volver alguna vez? ¿Se sabrá o de ellos? Estas cuestiones, debatidas por las plumas más eruditas de la época, fascinaban al público.

Cabe hacer aquí una observación que debería ser reflexionada por los observadores demasiado apresurados. Cuando un científico anuncia al público un descubrimiento puramente especulativo, no puede actuar con suficiente precaución. Nadie está obligado a descubrir ni un planeta, ni un cometa, ni un satélite, y quien se equivoca en tal caso, se expone a las burlas de la multitud. Así que es mejor esperar, y esto es lo que el impaciente J.-T. Maston debería haber hecho antes de enviar el telegrama que según él creía que era la última palabra sobre esta empresa.

En efecto, este telegrama contenía errores de dos tipos, como se comprobó más tarde: 1° Errores de observación, en cuanto a la distancia del proyectil a la superficie de la Luna, pues, en la fecha del 11 de diciembre, era imposible verlo, y lo que J.-T. Maston había visto, o creía haber visto, no podía ser el proyectil del Columbiad. 2° Errores de teoría sobre el destino reservado a dicho proyectil, porque hacerlo satélite de la Luna, era ponerse en absoluta contradicción con las leyes de la mecánica racional.

Sólo una hipótesis de los observadores de Long's Peak podía realizarse: que los viajeros, si aún existían, combinarían sus esfuerzos con la atracción lunar para alcanzar la superficie del disco.

Ahora bien, estos hombres, tan inteligentes como audaces, habían sobrevivido a las terribles secuelas de la partida, y es su viaje en el proyectil-vagón lo que se relatará en todos sus detalles más dramáticos y singulares. Este relato destruirá muchas ilusiones y predicciones; pero dará una idea justa de las vicisitudes reservadas a tal empresa, y pondrá de relieve los instintos científicos de Barbicane, los recursos del industrioso Nicholl y la audacia humorística de Michel Ardan.

Además, demostrará que su digno amigo, J.-T. Maston, perdía el tiempo, cuando, inclinado sobre el gigantesco telescopio, observaba la marcha de la Luna por los espacios estelares.

CAPÍTULO I

De las diez y veinte a las diez y cuarenta y siete de la noche

Cuando fueron las diez, Michel Ardan, Barbicane y Nicholl se despidieron de los numerosos amigos que dejaban en la tierra. Los dos perros, destinados a aclimatar la raza canina en los continentes lunares, ya estaban introducidos en el proyectil. Los tres viajeros se acercaron a la abertura del enorme tubo de hierro fundido, y una grúa volante los bajó hasta el tapón cónico del proyectil.

Allí, una abertura, hecha a tal efecto, les daba acceso al vagón de aluminio. Una vez retirados los polipastos de la grúa, la boca del Columbiad quedó inmediatamente libre de los últimos andamios.

Nicholl, una vez introducido con sus compañeros en el proyectil, se encargó de cerrar la abertura mediante una fuerte placa mantenida internamente por potentes tornillos de presión. Otras placas, sólidamente adaptadas, cubrían los cristales lenticulares de los ojos de buey. Los viajeros, sellados herméticamente en su prisión de metal, se vieron sumidos en una profunda oscuridad.

—Y ahora, mis queridos compañeros, dijo Michel Ardan, pongámonos cómodos. Soy un hombre de interiores, y muy bueno en las tareas domésticas. Se trata de hacer el mejor uso posible de nuestro nuevo alojamiento, y de encontrarnos a gusto aquí. Y primero, aclaremos algo. El gas no se inventó para los topos.

Mientras decía esto, el despreocupado muchacho encendió la llama de una cerilla y la frotó en la suela de su bota; luego la acercó a la mecha adosada al recipiente, en el que el hidrógeno carbonatado, almacenado a alta presión, podía bastar para encender y calentar el proyectil durante ciento cuarenta y cuatro horas, es decir, seis días y seis noches.

El gas se encendió. El proyectil, así iluminado, aparecía como una cómoda cámara, acolchada en sus paredes, amueblada con divanes circulares y con una bóveda en forma de cúpula.

Los objetos que contenía, armas, instrumentos, utensilios, firmemente agarrados y sostenidos contra la redondez del acolchado, debían resistir sin daño el choque de la partida. Se habían tomado todas las precauciones humanamente posibles para llevar a buen puerto tan temerario intento.

Michel Ardan lo examinó todo y se declaró muy satisfecho con su instalación.

—Es una cárcel, dijo, pero una cárcel que viaja, y con el derecho de meter la nariz en la ventana, ¡haría un contrato de alquiler de cien años! ¿Sonríes, Barbicane? ¿Tienes un motivo oculto? ¿Crees que esta prisión podría ser nuestra tumba? Tumba, sí, pero no la cambiaría por la de Mahoma, que flota en el espacio y no camina.

Mientras Michel Ardan hablaba así, Barbicane y Nicholl hacían los últimos preparativos.

El cronómetro de Nicholl marcaba las diez y veinte de la noche cuando los tres viajeros se habían encerrado finalmente. Este cronómetro estaba ajustado a una décima de segundo con el del ingeniero Murchison. Barbicane lo consultó.

—Amigos míos, dijo, son las diez y veinte minutos. A las diez y cuarenta y siete Murchison lanzará la chispa eléctrica al cable que comunica con la carga del Columbiad. En ese mismo momento dejaremos nuestro globo terráqueo. Por lo tanto, tenemos veintisiete minutos para permanecer en la tierra.

—Veintiséis minutos y trece segundos —respondió el metódico Nicholl.

—Bueno —exclamó Michel Ardan, en tono de buen humor—, ¡en veintiséis minutos se pueden hacer muchas cosas! Se pueden discutir las cuestiones más serias de la moral o la política, ¡e incluso resolverlas! Veintiséis minutos bien empleados son mejores que veintiséis años sin hacer nada. Unos segundos de un Pascal o un Newton son más valiosos que toda la existencia de la indigesta multitud de imbéciles...

—¿Y concluyes, eterno hablador? —preguntó el presidente Barbicane.

—Concluyo que tenemos veintiséis minutos —respondió Ardan.

—Sólo veinticuatro —dice Nicholl.

—Veinticuatro, si lo desea, mi buen capitán —respondió Ardan—, veinticuatro minutos durante los cuales podríamos entrar en detalles.

—Michel —dijo Barbicane—, durante nuestra travesía, tendremos todo el tiempo necesario para estudiar las cuestiones más difíciles. Ahora vamos a ocuparnos de la salida.

—¿No estamos preparados?

—Sin duda. Sin embargo, hay que tomar algunas precauciones para suavizar al máximo el primer choque.

—¿No tenemos esas capas de agua entre los tabiques de ruptura, cuya elasticidad nos protegerá suficientemente?

—Así lo espero, Michel —respondió Barbicane con dulzura—, pero no estoy muy seguro.

—¡Ah, el bromista! —gritó Michel Ardan. ¡Espera! No está seguro. Y espera el momento en que estamos encerrados para hacer esta deplorable confesión. ¡Pero yo pido irme!

—¿Y el viaje? —respondió Barbicane.

—En efecto —dijo Michel Ardan—, es difícil. Estamos en el tren, y el silbato del conductor sonará antes de veinticuatro minutos...

—Veinte —dijo Nicholl.

Durante unos instantes, los tres viajeros se miraron. Luego examinaron los objetos encerrados con ellos.

—Todo está en su sitio, —dijo Barbicane—. Ahora se trata de decidir cómo nos colocaremos de la manera más útil para soportar el choque de la partida. La posición a adoptar no puede ser indiferente, y, en la medida de lo posible, debemos evitar que la sangre fluya con demasiada violencia hacia la cabeza.

—Correcto —dijo Nicholl.

—Entonces —replicó Michel Ardan, dispuesto a poner en práctica sus palabras—, ¡bajemos la cabeza y subamos los pies, como los payasos del Gran Circo!

—No —dijo Barbicane—, pero pongámonos de lado. Así resistiremos mejor el choque. Notarás que cuando el proyectil salga, ya sea que estemos en él o frente a él, es más o menos lo mismo.

—Si sólo es "más o menos lo mismo", estoy tranquilo —respondió Michel Ardan.

—¿Apruebas mi idea, Nicholl? —preguntó Barbicane.

—Enteramente —respondió el capitán—. Faltan trece minutos y medio.

—Este Nicholl no es un hombre —gritó Michel—, es un cronómetro con segundero, un escape, con ocho agujeros…

Pero sus compañeros ya no le escuchaban y hacían sus últimos preparativos con una compostura inimaginable. Parecían dos viajeros metódicos, subiendo a un carruaje y tratando de acomodarse lo más cómodamente posible. Uno se pregunta realmente de qué material están hechos estos corazones americanos, a los que la proximidad del más espantoso peligro no les añade una taquicardia.

En el proyectil se habían colocado tres literas gruesas y bien empaquetadas. Nicholl y Barbicane los colocaron en el centro del disco que formaba el suelo móvil. Allí los tres viajeros debían acostarse unos momentos antes de partir.

Durante este tiempo, Ardán, incapaz de permanecer inmóvil, se revolvía en su estrecha prisión como una bestia salvaje en una jaula, charlando con sus amigos y hablando con sus perros, Diana y Satélite, a los que, como se verá, había dado desde hace algún tiempo estos significativos nombres.

—¡Hey Diana! ¡Oye! ¡Satélite!, gritó, excitándolos. ¡Vas a enseñar a los perros selenitas los buenos modales de los perros de la tierra! Será un orgullo para la raza canina. ¡Por Dios! Si alguna vez volvemos aquí, quiero traer un cruce de perros lunares que hará furor.

—Si hay perros en la Luna —dijo Barbicane.

—Hay —dijo Michel Ardan— como hay caballos, vacas, asnos y gallinas. ¡Apuesto a que encontraremos pollos allí!

—Cien dólares —dice Nicholl— a que no encontraremos ninguno.

—Hecho, mi capitán —respondió Ardan, estrechando la mano de Nicholl—. Pero, por cierto, ya ha perdido tres apuestas con nuestro presidente: porque se han hecho los fondos necesarios para la empresa, porque la operación de fundición ha tenido éxito y, finalmente, porque el Columbiad se ha cargado sin accidente, es decir, seis mil dólares.

—Sí —dijo Nicholl—. Diez treinta y siete minutos y seis segundos.

—Eso es, capitán. Pues bien, dentro de un cuarto de hora, todavía tendrás que pagar nueve mil dólares al presidente, cuatro mil porque el Columbiad no estallará, y cinco mil porque la pelota volará más de seis millas en el aire.

—Tengo los dólares —contestó Nicholl, golpeando el bolsillo de su traje—, solo pagaré cuando pierda.

—Vamos, Nicholl, veo que eres un hombre de orden, cosa que yo nunca he podido ser, pero en general, has hecho una serie de apuestas que no son muy ventajosas para ti, déjame decirte.

—¿Y por qué? —preguntó Nicholl.

—Porque si ganas la primera apuesta, el Columbiad habrá reventado, y el proyectil con él, y Barbicane no estará para devolverte tus dólares.

—Mi apuesta está depositada en el banco de Baltimore —respondió Barbicane con sencillez—, y si Nicholl fracasa, ¡pasará a sus herederos!

—¡Ah, hombres prácticos! —exclamó Michel Ardan—, ¡mentes positivas! Te admiro aún más porque no te entiendo.

—Diez cuarenta y dos, dijo Nicholl.

—¡Sólo quedan cinco minutos! —respondió Barbicane.

—¡Sí, cinco minutos! —respondió Michel Ardan—. ¡Y estamos encerrados en un proyectil en el fondo de un cañón de 900 pies! Y bajo este proyectil se amontonan cuatrocientas mil libras de algodón detonante, ¡que valen mil seiscientas mil libras de pólvora ordinaria! Y el amigo Murchison, con su cronómetro en la mano, el ojo fijo en la aguja, el dedo en el aparato eléctrico, cuenta los segundos y nos va a lanzar al espacio interplanetario.

—¡Basta, Michel, basta! —dijo Barbicane con voz seria—. Preparémonos. Sólo unos instantes nos separan de un momento supremo. Un apretón de manos, amigos míos.

—Sí —exclamó Michel Ardan, más conmovido de lo que deseaba aparentar.

Estos tres audaces compañeros se unieron en un último abrazo.

—¡Dios no lo quiera! —dijo el religioso Barbicane.

Michel Ardan y Nicholl se acostaron en las literas del centro de la disco.

—¡Diez cuarenta y siete! —murmuró el capitán.

¡Veinte segundos más! Barbicane cerró rápidamente el gas y se acostó junto a sus compañeros.

El profundo silencio sólo fue interrumpido por el tictac del reloj que daba los segundos.

De repente se produjo una terrible sacudida y el proyectil, bajo el empuje de seis mil millones de litros de gas desarrollados por la deflagración del piroxil, salió disparado hacia el espacio.

CAPÍTULO II

La primera media hora

¿Qué ha pasado? ¿Cuál fue el efecto de este terrible temblor? ¿El ingenio de los constructores del proyectil había logrado un resultado exitoso? ¿Se había amortiguado el golpe, gracias a los muelles, los cuatro topes, los cojines de agua, los tabiques rompibles? ¿Se había superado el espantoso empuje de la velocidad inicial de once mil metros, que habría bastado para cruzar París o Nueva York en un segundo? Esta es obviamente la pregunta que se hacían los mil testigos de esta conmovedora escena. Se olvidaron del objetivo del viaje y sólo pensaron en los viajeros. Y si uno de ellos, J.-T. Maston, por ejemplo, podría haber echado un vistazo al interior del proyectil, ¿qué habría visto?

Pues nada. La oscuridad era profunda en la bala de cañón. Pero sus paredes cilíndricas-cónicas habían resistido magníficamente. Ni un desgarro, ni una doblez, ni una deformación. El admirable proyectil ni siquiera se había alterado bajo la intensa deflagración de la pólvora, ni se había licuado, como parecía temerse, en una lluvia de aluminio.

Dentro, no había mucho desorden. Algunos objetos habían sido lanzados violentamente hacia la bóveda; pero los más importantes no parecían haber sufrido el impacto. Los amarres estaban intactos.

En el disco móvil, en el fondo, tras la rotura de los tabiques y la salida del agua, tres cuerpos yacían sin movimiento. ¿Aún respiraban Barbicane, Nicholl y Michel Ardan? ¿Este proyectil

23

no era más que un ataúd de metal que llevaba tres cadáveres al espacio?

Unos minutos después de la salida del proyectil, uno de estos cuerpos hizo un movimiento; sus brazos se agitaron, su cabeza se levantó y consiguió ponerse de rodillas. Era Michel Ardan. Se palpó, dio un fuerte carraspeo y luego dijo:

—Michel Ardan, entero. Veamos los demás.

El valiente francés quiso levantarse, pero no pudo hacerlo. Su cabeza se tambaleaba, su sangre se inyectaba violentamente, parecía un borracho.

—¡Brr!, dijo. Tiene el mismo efecto en mí que dos botellas de Corton. Sólo que quizá sea menos agradable de tragar.

Luego, pasándose la mano por la frente varias veces y frotándose las sienes, gritó con voz firme:

—¡Nicholl! ¡Barbicane!

Esperó ansiosamente. No hubo respuesta. Ni siquiera un suspiro para indicar que los corazones de sus compañeros seguían latiendo. Repitió su llamada. El mismo silencio.

—Diablo, dijo. Parecen haber caído de cabeza desde un quinto piso. ¡Bah! —añadió con esa imperturbable confianza que nada podía hacer tambalear—, si un francés pudo arrodillarse, a dos americanos no les importará ponerse de pie. Pero, antes de nada, aclaremos la situación.

Ardan sintió que la vida volvía a él. Su sangre se calmó y reanudó su circulación habitual. Nuevos esfuerzos lo pusieron en pie. Consiguió levantarse, sacó una cerilla del bolsillo y la encendió por la fricción del fósforo. Luego, acercándola al mechero, lo encendió. El receptáculo no ha sufrido en absoluto. El gas no había escapado. Además, su olor lo habría delatado, y en ese caso Michel Ardan no habría caminado sin daño con una cerilla encendida en este entorno lleno de hidrógeno. El gas, combinado con el aire, habría producido una mezcla detonante, y la explosión habría completado lo que el temblor quizás había comenzado.

En cuanto se encendió el mechero, Ardan se inclinó sobre los cuerpos de sus compañeros. Estos cuerpos estaban volcados unos sobre otros, como masas inertes. Nicholl arriba, Barbicane abajo.

Ardan enderezó al capitán, lo apoyó contra un sofá y lo frotó vigorosamente. Este masaje, inteligentemente practicado, reanimó a Nicholl, que abrió los ojos, recuperó al instante la compostura y se apoderó de la mano de Ardan. Entonces, mirando alrededor:

—¿Y Barbicane?, preguntó.

—Cada caso a su tiempo —respondió Michel Ardan en voz baja—. Empecé contigo, Nicholl, porque estabas arriba. Pasemos ahora a Barbicane.

Ardan y Nicholl levantaron al presidente del Club de Armas y lo tumbaron en el sofá. Barbicane parecía haber sufrido más que sus compañeros. Su sangre había corrido, pero Nicholl se tranquilizó al ver que la hemorragia sólo provenía de una leve herida en el hombro. Un simple rasguño que comprimió cuidadosamente.

Sin embargo, Barbicane tardó en volver en sí, lo que asustó a sus dos amigos, que no dejaban de tocarlo.

—Sin embargo, respira, dijo Nicholl, acercando el oído al pecho del herido.

—Sí —contestó Ardán—, respira como un hombre que tiene el hábito de esta operación diaria. Masajeemos, Nicholl, masajeemos con vigor.

Y los dos improvisados enfermeros hicieron tanto y tan bien que Barbicane recuperó el uso de sus sentidos. Abrió los ojos, se enderezó, tomó la mano de sus dos amigos y, su primera palabra fue:

—Nicholl, preguntó, ¿estamos caminando?

Nicholl y Barbicane se miraron. Todavía no se habían preocupado por el proyectil. Su primera preocupación había sido por los pasajeros, no por el vagón.

—¿Por cierto, estamos caminando?, repitió Michel Ardan.

—¿O descansamos tranquilamente en el suelo de Florida? —preguntó Nicholl.

—¿O en el fondo del Golfo de México?, añadió Michel Ardan.

—¡Por ejemplo! —exclamó el presidente Barbicane.

Y esta doble hipótesis sugerida por sus compañeros tuvo el efecto inmediato de llamarlo a sentir.

En cualquier caso, aún no se ha podido determinar la situación del proyectil. Su aparente inmovilidad, la falta de comunicación con el mundo exterior, no permitía resolver la cuestión. Quizás el proyectil estaba desenrollando su trayectoria por el espacio; quizás, tras una breve elevación, había caído de nuevo a la tierra, o incluso al Golfo de México, caída que la estrechez de la península de Florida hizo posible.

El caso era grave, el problema interesante. Había que resolverlo cuanto antes. Barbicane, sobreexcitado y triunfante por su energía moral sobre su debilidad física, se levantó. Él escuchó. En el exterior reinaba un profundo silencio. Pero el grueso acolchado era suficiente para interceptar todos los sonidos de la tierra. Sin embargo, una circunstancia llamó la atención de Barbicane. La temperatura dentro del proyectil era singularmente alta. El presidente sacó un termómetro del sobre que lo protegía y lo consultó. El instrumento mostraba cuarenta y cinco grados centígrados.

—Sí!, gritó, ¡sí!, estamos caminando! ¡Este calor sofocante se filtra por las paredes del proyectil! Se produce por su fricción con las capas atmosféricas. Pronto disminuirá, porque ya estamos flotando en el vacío, y después de haber estado a punto de asfixiarnos, sufriremos un frío intenso.

—¿Qué —preguntó Michel Ardan—, según usted, Barbicane, estamos ahora fuera de los límites de la atmósfera terrestre?

—Sin duda, Michel. Escúchame. Son las diez cincuenta y cinco minutos. Llevamos unos ocho minutos. Ahora bien, si nuestra velocidad inicial no se hubiera visto reducida por el rozamiento, seis segundos habrían bastado para atravesar las dieciséis leguas de atmósfera que rodean el globo terráqueo.

—Perfectamente —replicó Nicholl—, pero ¿en qué proporción estimas la reducción de esta velocidad por el rozamiento?

—En la proporción de un tercio, Nicholl —respondió Barbicane—, esta disminución es considerable, pero, según mis cálculos, es tal. Si, por tanto, teníamos una velocidad inicial de once mil metros, al salir de la atmósfera esta velocidad se reducirá a siete mil trescientos treinta y dos metros, en cualquier caso, ya hemos cruzado este intervalo, y…

—Así pues —dijo Michel Ardan—, el amigo Nicholl ha perdido sus dos apuestas: cuatro mil dólares, ya que el Columbiad no estalló; cinco mil dólares, ya que el proyectil se elevó a una altura de más de seis millas. Así que, Nicholl, paga.

—Averigüémoslo primero —respondió el capitán— y luego pagaremos. Es muy posible que el razonamiento de Barbicane sea correcto y que yo haya perdido mis nueve mil dólares. Pero una nueva hipótesis se me presenta, y anularía la apuesta.

—¿Cuál? —preguntó Barbicane con brusquedad.

—La suposición de que, por alguna razón, el fuego no se haya encendido y no hayamos salido.

—Por Dios, capitán —exclamó Michel Ardan—, ¡es una hipótesis digna de mi cerebro! ¡No es serio! ¿No nos ha dejado medio fuera de combate el temblor? ¿No te llamé a la vida? ¿No sigue sangrando el hombro del presidente por el golpe que recibió?

—Bien, Michel —repitió Nicholl—, pero sólo una pregunta.

—Adelante, mi capitán.

—¿Has oído el estruendo, que seguramente ha sido tremendo?

—No —respondió Ardan, muy sorprendido—, en efecto, no he oído la explosión.

—¿Y tú, Barbicane?

—Ni yo.

—¿Y bien? —dijo Nicholl.

—Por cierto —murmuró el presidente—, ¿por qué no oímos el estruendo?

Los tres amigos se miraron algo desconcertados. Había algo inexplicable aquí. Sin embargo, el proyectil se había disparado y, en consecuencia, debió producirse la detonación.

—Sepamos primero dónde estamos, dijo Barbicane, y bajemos los paneles.

Esta operación extremadamente sencilla se llevó a cabo inmediatamente. Las tuercas que sujetaban los tornillos a las placas exteriores del ojo de buey derecho cedieron bajo la presión de una llave inglesa. Estos pernos fueron extraídos y los tapones revestidos de goma cerraron el agujero por el que pasaban. Inmediatamente, la placa exterior se plegó sobre su bisagra como un escudo, y apareció el cristal lenticular que cerraba el ojo de buey. Un ojo de buey idéntico apareció en el espesor de las paredes del otro lado del proyectil, otro en la cúpula que lo remataba y un cuarto en el centro de la base inferior. Así se podía observar, en cuatro direcciones opuestas, el firmamento a través de las ventanas laterales y, más directamente, la Tierra o la Luna a través de las aberturas superior e inferior del proyectil.

Barbicane y sus dos acompañantes se precipitaron de inmediato hacia la ventana descubierta. Ningún rayo de luz la iluminó. Una profunda oscuridad envolvió el proyectil. Esto no impidió que el presidente Barbicane exclamara:

—¡No, amigos míos, no hemos vuelto a caer a la tierra! No, no nos hemos hundido en el fondo del Golfo de México. Sí, ¡estamos ascendiendo al espacio! Mira estas estrellas que brillan en la noche, y esta oscuridad impenetrable que se interpone entre la Tierra y nosotros.

—¡Hurra! Hurra!, gritaron Michel Ardan y Nicholl al unísono.

En efecto, esta compacta oscuridad demostró que el proyectil había abandonado la Tierra, pues el suelo, entonces brillantemente iluminado por la luz lunar, habría aparecido a los ojos de los viajeros, si se hubieran posado sobre su superficie. Esta oscuridad demostraba también que el proyectil había atravesado la capa atmosférica, ya que la luz difusa, difundida por el aire, habría transferido a las paredes metálicas un reflejo que también faltaba. Esta luz habría iluminado el cristal de la ventana, y este cristal estaba oscuro. Ya no había ninguna duda. Los viajeros habían abandonado la Tierra.

—He perdido, dice Nicholl.

—¡Y te felicito por ello! —replicó Ardan.

—Aquí hay nueve mil dólares —dijo el capitán, sacando un fajo de billetes de su bolsillo.

—¿Quieres un recibo? —preguntó Barbicane, tomando el dinero.

—Si no te importa. —respondió Nicholl— Es más regular.

Y, serio, flemático, como si hubiera estado ante su caja registradora, el presidente Barbicane sacó su cuaderno, desprendió una página en blanco, escribió un recibo a lápiz, lo fechó, lo firmó, lo rubricó y se lo entregó al capitán, que lo guardó cuidadosamente en su cartera.

Michel Ardan, quitándose la gorra, se inclinó sin decir nada a sus dos compañeros. Tanta formalidad en tales circunstancias le cortó el paso. Nunca había visto nada tan "americano".

Barbicane y Nicholl, una vez terminada su operación, habían vuelto a la ventana y miraban las constelaciones. Las estrellas destacaban en puntos brillantes sobre el fondo negro del cielo. Pero la estrella nocturna no podía verse desde este lado, ya que se desplazaba de este a oeste y se elevaba gradualmente hacia el cénit. Su ausencia, por tanto, provocó una reflexión en Ardan.

—¿Y la Luna?, dijo. ¿Por casualidad se perdería nuestra cita?

—No te preocupes —respondió Barbicane—. Nuestro futuro esferoide está en su puesto, pero no podemos verlo desde este lado. Abramos la ventana del otro lado.

Justo cuando Barbicane estaba a punto de abandonar la ventana para proceder a despejar el ojo de buey opuesto, su atención fue atraída por la aproximación de un objeto brillante.

Era un disco enorme, cuyas dimensiones colosales no se podían apreciar. Su rostro se volvió hacia la Tierra y se iluminó con fuerza. Parecía una luna pequeña que reflejaba la luz de la grande. Avanzó con una velocidad prodigiosa y pareció describir una órbita alrededor de la Tierra que cortó la trayectoria del proyectil. El movimiento de traslación de este móvil se completaba con un movimiento de rotación sobre sí mismo. Así, se comportó como todos los cuerpos celestes que quedan en el espacio.

—¡Eh!, gritó Michel Ardan, ¿qué es eso? ¿Otro proyectil?

Barbicane no respondió. La aparición de este enorme cuerpo le sorprendió y preocupó. Era posible un encuentro, que habría tenido resultados deplorables, ya sea si el proyectil se hubiera desviado de su curso, o si un choque, rompiendo su impulso, lo hubiera precipitado hacia la Tierra, o finalmente si hubiera sido arrastrado irresistiblemente por el poder de atracción de este asteroide.

El presidente Barbicane había captado rápidamente las consecuencias de estas tres hipótesis que, de un modo u otro, conducirían inevitablemente al fracaso de su intento. Sus compañeros, mudos, miraban a través del espacio. El objeto crecía prodigiosamente a medida que se acercaba, y por una cierta ilusión óptica parecía que el proyectil se precipitaba delante de él.

—¡Mil dioses!, gritó Michel Ardan, ¡los dos trenes se encontrarán!

Instintivamente, los viajeros cayeron hacia atrás. Su susto fue extremo, pero no duró mucho, sólo unos segundos. El asteroide pasó a varios cientos de metros del proyectil y desapareció, no tanto por la velocidad de su trayectoria, sino porque su cara opuesta a la Luna se fundió de repente con la oscuridad absoluta del espacio.

—¡Buen viaje!, gritó Michel Ardan, con un suspiro de satisfacción. ¡Cómo no va a ser el infinito lo suficientemente grande como para que un pobre proyectil se pasee por él sin miedo!

¡Ah!, ¿qué es este pretencioso globo que casi choca con nosotros?

—Lo sé —respondió Barbicane.

—Tú lo sabes todo.

—Es —dijo Barbicane— un simple bólido, pero un enorme bólido que la atracción ha retenido en estado de satélite.

—¿Es posible? —exclamó Michel Ardan. ¿La Tierra tiene dos lunas como Neptuno?

—Sí, amigo mío, dos lunas, aunque generalmente se piensa que sólo tiene una. Pero esta segunda Luna es tan pequeña y su velocidad es tan grande que los habitantes de la Tierra no pueden verla. Teniendo en cuenta ciertas perturbaciones, un astrónomo francés, M. Petit, pudo determinar la existencia de este segundo satélite y calcular sus elementos. Según sus observaciones, este bólido completaría su revolución alrededor de la Tierra en sólo tres horas y veinte minutos, lo que implica una velocidad prodigiosa.

—¿Admiten todos los astrónomos —preguntó Nicholl— la existencia de este satélite?

—No —respondió Barbicane—, pero si, como nosotros, se hubieran encontrado con él, ya no podrían dudar. De hecho, creo que este bólido, que nos habría puesto en mucho apuro al golpear el proyectil, nos permite precisar nuestra situación en el espacio.

—¿Cómo? —dijo Ardan.

—Porque su distancia es conocida y, en el punto donde nos encontramos, estábamos exactamente a ocho mil ciento cuarenta kilómetros de la superficie de la tierra.

—¡Más de dos mil leguas! —gritó Michel Ardan. Eso es lo que hace que los trenes expresos de este lamentable globo llamado Tierra bajen.

—Creo que sí —contestó Nicholl, consultando su cronómetro—, son las once y sólo llevamos trece minutos fuera del continente americano.

—¿Sólo trece minutos? dijo Barbicane

—Yo bien lo creo —dijo Nicholl—, y si nuestra velocidad inicial de once kilómetros fuera constante, ¡estaríamos haciendo casi diez mil leguas por hora!

—Eso está muy bien, amigos míos —dijo el presidente—, pero aún queda esa cuestión insoluble. ¿Por qué no oímos la detonación del Columbiad?

A falta de respuesta, la conversación se detuvo, y Barbicane, mientras pensaba, se ocupó de bajar la tapa de la segunda ventana lateral. Su operación tuvo éxito, y a través del cristal transparente la Luna llenó el interior del proyectil con una luz brillante. Nicholl, como hombre ahorrativo, extinguió el gas, que se estaba volviendo inútil, y cuyo brillo, además, era perjudicial para la observación de los espacios interplanetarios.

El disco de la luna brillaba con una pureza incomparable. Sus rayos, ya no filtrados por la atmósfera vaporosa del globo terrestre, se filtraron a través del cristal y saturaron el aire del interior del proyectil con reflejos plateados. La cortina negra del firmamento duplicaba realmente el brillo de la Luna, que, en este vacío del éter no apto para la difusión, no eclipsaba a las estrellas vecinas. El cielo, visto así, presentaba un aspecto totalmente nuevo que el ojo humano no podía sospechar.

Es fácil comprender el interés con el que estos osados hombres contemplaban la estrella nocturna, la meta suprema de su viaje. El satélite de la Tierra, en su movimiento de traslación, se acercaba poco a poco al cénit, el punto matemático que debía alcanzar unas noventa y seis horas después. Sus montañas, sus llanuras, todo su relieve, no eran más claramente visibles a sus ojos que si los hubieran estado mirando desde cualquier punto de la Tierra; pero su luz, a través del vacío, se desarrollaba con una intensidad incomparable. El disco brillaba como un espejo de platino. Los viajeros ya habían olvidado todo recuerdo de la tierra que huía bajo sus pies.

Fue el capitán Nicholl el primero en llamar la atención sobre el globo terráqueo desaparecido.

—¡Sí!, respondió Michel Ardan, no seamos ingratos con él. Ya que dejamos nuestro país, que nuestras últimas miradas sean para él. Quiero volver a ver la tierra antes de que desaparezca por completo de mi vista.

Barbicane, para satisfacer los deseos de su compañero, se preocupó de despejar la ventanilla de la parte inferior del proyectil, la que permitiría la observación directa de la Tierra. El disco que la fuerza de proyección había llevado al suelo fue desmontado no sin dificultad. Sus piezas, cuidadosamente colocadas contra las paredes, podrían seguir utilizándose en caso de necesidad. Entonces apareció una abertura circular, de cincuenta centímetros de ancho, ahuecada en la parte inferior del proyectil. Un cristal, de quince centímetros de grosor y reforzado con un marco de cobre, lo cerraba. Debajo había una placa de aluminio sujeta con pernos. Una vez desenroscadas las tuercas y soltados los pernos, se replegó la placa y se estableció la comunicación visual entre el interior y el exterior.

Michel Ardan se había arrodillado en la ventana. Estaba oscuro, como opaco.

—Bueno, gritó, ¿qué pasa con la Tierra?

—La Tierra —dijo Barbicane—, aquí está.

—¿Qué —dijo Ardán—, ese fino filete, esa media luna de plata?

—Sin duda, Michel. Dentro de cuatro días, cuando la Luna esté llena, en el mismo momento en que la alcancemos, la Tierra será nueva. Sólo nos aparecerá como una media luna suelta que pronto desaparecerá, y luego se ahogará durante unos días en una sombra impenetrable.

—¡Esa es la Tierra! —repitió Michel Ardan, mirando con todos sus ojos esa delgada porción de su planeta natal.

La explicación dada por el presidente Barbicane era correcta. La Tierra, en relación con el proyectil, entraba en su fase final.

Estaba en su octante y mostraba una fina media luna sobre el fondo negro del cielo. Su luz, azulada por el espesor de la capa atmosférica, era menos intensa que la del creciente lunar. Esta media luna tenía un tamaño considerable. Parecía un enorme arco que se extendía por el firmamento. Algunos puntos luminosos, especialmente en la parte cóncava de la media luna, indicaban la presencia de altas montañas; pero a veces desaparecían bajo gruesas manchas que nunca se ven en la superficie del disco lunar. Eran anillos de nubes dispuestos concéntricamente alrededor de la esfera terrestre.

Sin embargo, gracias a un fenómeno natural, idéntico al que se produce en la Luna cuando está en sus octantes, se podría captar todo el contorno del globo. Todo su disco aparecía de forma bastante visible por un efecto de luz ceniciento, menos apreciable que la luz ceniciento de la Luna. Y la razón de esta menor intensidad es fácil de entender. Cuando este reflejo se produce en la Luna, se debe a los rayos solares que la Tierra refleja hacia su satélite. Aquí, por un efecto inverso, se debió a los rayos solares reflejados desde la Luna hacia la Tierra. Ahora bien, la luz terrestre es unas trece veces más intensa que la luz lunar, lo que se debe a la diferencia de volumen de ambos cuerpos. De ahí la consecuencia de que, en el fenómeno de la luz ceniciento, la parte oscura del disco de la Tierra es menos claramente visible que la del disco de la Luna, ya que la intensidad del fenómeno es proporcional a la potencia de iluminación de los dos astros. También hay que añadir que la media luna terrestre parecía formar una curva más alargada que la del disco. Es puramente un efecto de la irradiación.

Cuando los viajeros trataron de atravesar la profunda oscuridad del espacio, un brillante ramillete de estrellas fugaces floreció ante sus ojos. Cientos de bólidos, encendidos al entrar en contacto con la atmósfera, trazaron las sombras con estelas luminosas y salpicaron con sus luces la parte ceniciento del disco. En ese momento la Tierra estaba en su perihelio, y el mes de diciembre es tan favorable a la aparición de estas estrellas fugaces que los astrónomos han contado hasta veinticuatro mil por hora. Pero Michel Ardan, desdeñando el razonamiento científico, prefirió creer que la Tierra saludaba con sus más brillantes fuegos artificiales la partida de tres de sus hijos.

En definitiva, eso fue todo lo que pudieron ver de aquel esferoide perdido en la sombra, el astro inferior del mundo solar, que, para los grandes planetas, se pone o se levanta como una simple estrella de la mañana o de la tarde. Punto imperceptible del espacio, no era más que una media luna fugaz, ¡este globo donde habían dejado todos sus afectos!

Durante mucho tiempo los tres amigos, sin hablar, pero unidos en el corazón, observaron, mientras el proyectil se alejaba con una velocidad uniformemente decreciente. Entonces una irresistible somnolencia invadió sus cerebros. ¿Fue el cansancio del cuerpo y el cansancio de la mente? Sin duda, pues tras la sobreexcitación de las últimas horas en la Tierra, la reacción era inevitable.

—Bueno, dijo Michel, ya que debemos dormir, durmamos.

Y, estirándose en sus literas, los tres se sumieron pronto en un profundo sueño.

Pero no habían dormido ni un cuarto de hora, cuando Barbicane se levantó de repente y despertó a sus compañeros con una voz formidable:

—Lo he encontrado, gritó.

—¿Qué has encontrado? —preguntó Michel Ardan, saltando de su litera.

—¡La razón por la que no escuchamos la detonación del Columbiad!

—¿Y cuál es? —dijo Nicholl.

—¡Porque nuestro proyectil iba más rápido que el sonido!

CAPÍTULO III

Acomodamiento

Una vez dada esta curiosa, pero ciertamente acertada explicación, los tres amigos volvieron a caer en un profundo sueño. ¿Dónde podrían haber encontrado un lugar más tranquilo para dormir, un entorno más pacífico? En tierra, las casas de las ciudades, las casitas de paja del campo, sienten todos los temblores producidos en la corteza del globo. En el mar, el barco, zarandeado por las olas, sólo es choque y movimiento. En el aire, el globo oscila incesantemente sobre capas de fluido de distintas densidades. Solo, este proyectil, flotando en el vacío absoluto, en medio del silencio absoluto, ofrecía a sus huéspedes un descanso absoluto.

El sueño de los tres aventureros podría haberse prolongado indefinidamente si no les hubiera despertado un ruido inesperado hacia las siete de la mañana del 2 de diciembre, ocho horas después de su partida.

Ese ruido era un ladrido muy característico.

—¡Los perros! Son los perros, gritó Michel Ardan, levantándose de inmediato.

—Tienen hambre —dice Nicholl.

—¡Por Dios! —replicó Miguel—, los hemos olvidado.

—¿Dónde están? —preguntó Barbicane.

Se realizó una búsqueda y se encontró a uno de los animales acurrucado bajo el sofá. Asustado, destrozado por el susto inicial, había permanecido en ese rincón hasta que la voz volvió a sonar con la sensación de hambre.

Fue la amable Diana, todavía algo tímida, la que se echó fuera de su retiro, no sin hacerse rogar. Sin embargo, Michel Ardan la animó con sus más amables palabras.

—Ven, Diana —dijo—, ven, hija mía; tú, cuyo destino quedará registrado en los anales de la caza; tú, a la que los paganos habrían dado como compañera al dios Anubis, y los cristianos como amiga de San Roque; tú, digna de ser forjada en bronce por el rey de los infiernos, como aquel perrito que Júpiter regaló a la bella Europa al precio de un beso. Tú, cuya fama borrará la de los héroes de Montargis y del Monte Saint-Bernard; tú, que, remontando hacia los espacios interplanetarios, serás tal vez la Eva de los perros selenitas; tú, que justificarás allá arriba las palabras de Toussenel: "Al principio. Dios creó al hombre, y al verlo tan débil, le dio el perro". ¡Ven, Diana! ¡Ven aquí!

Diana, halagada o no, avanzó poco a poco y gimió lastimosamente.

—Bueno, dijo Barbicane, puedo ver a Eva, pero ¿dónde está Adán?

—¡Adán! —respondió Miguel—, ¡Adán no puede estar lejos! ¡Está ahí, en alguna parte! ¡Debemos llamarlo! ¡Satélite! ¡Aquí, Satélite!

Pero Satélite no apareció. Diana siguió gimiendo. Sin embargo, la encontraron ilesa y le sirvieron una sabrosa comida que acalló sus quejas.

En cuanto a Satélite, no parecía estar en ninguna parte. Hubo que buscar durante mucho tiempo antes de descubrirlo en uno de los compartimentos superiores del proyectil, donde un contragolpe, bastante inexplicable, lo había arrojado violentamente. La pobre bestia, muy dañada, estaba en un estado lamentable.

—¡Diablos!, dijo Michel, ¡Esa es nuestra aclimatación comprometida!

El desafortunado perro fue bajado cuidadosamente. Su cabeza se había estrellado contra la bóveda, y parecía difícil que se recuperara de semejante golpe. Sin embargo, estaba cómodamente recostado en un cojín y allí dejó escapar un suspiro.

—Nos ocuparemos de ti, dice Michel. Somos responsables de su existencia. Prefiero perder un brazo que una pata de mi pobre Satélite.

Y mientras decía esto, ofreció unos sorbos de agua al herido, que los bebió con avidez.

Después de este cuidado, los viajeros observaron atentamente la Tierra y la Luna. La Tierra estaba ahora representada sólo por un disco ceniciento que terminaba en una media luna más estrecha que el día anterior; pero su volumen seguía siendo enorme, si se compara con el de la Luna, que se acercaba cada vez más a un círculo perfecto.

—¡Por Dios!, dijo Michel Ardan, me molesta mucho que no hayamos partido en el momento de la Tierra llena, es decir, cuando nuestro globo estaba en oposición con el Sol.

—¿Por qué?

—¡Porque habríamos visto nuestros continentes y nuestros mares bajo una nueva luz, estos resplandecientes bajo la proyección de los rayos del sol, aquellos más oscuros y tales como se reproducen en ciertos mapas! Me hubiera gustado ver esos polos de la Tierra sobre los que la mirada del hombre nunca se ha posado.

—Sin duda —respondió Barbicane—, pero si la Tierra hubiera estado llena, la Luna habría sido nueva, es decir, invisible en medio de la irradiación del Sol. Pero es mejor que veamos el destino que el punto de partida.

—Tienes razón, Barbicane —respondió el capitán Nicholl—, y además, cuando hayamos llegado a la Luna, tendremos tiempo, durante las largas noches lunares, de considerar con tranquilidad este globo en el que pululan nuestros congéneres.

—¡Nuestra propia especie!, gritó Michel Ardan. ¡Pero ahora no son más de nuestra clase que los selenitas! Habitamos un nuevo mundo, poblado sólo por nosotros, ¡el proyectil! Yo soy el compañero de Barbicane, y Barbicane es el compañero de Nicholl. Más allá de nosotros, fuera de nosotros, termina la humanidad, y somos los únicos en este microcosmos hasta que nos convirtamos en simples selenitas.

—En unas ochenta y ocho horas —respondió el capitán.

—¿Qué quieres decir? —preguntó Michel Ardan.

—Que son las ocho y media —respondió Nicholl.

—Bueno —contestó Miguel—, me resulta imposible encontrar siquiera la apariencia de una razón para que no almorcemos inmediatamente.

En efecto, los habitantes de la nueva estrella no podían vivir sin comida, y sus estómagos estaban sometidos a las imperiosas leyes del hambre. Michel Ardan, como francés, se declaró jefe de cocina, una función importante a la que no le hacía ninguna competencia. El gas daba los pocos grados de calor suficientes para los preparativos culinarios, y el arcón de provisiones proporcionaba los elementos para este primer festín.

El almuerzo comenzó con tres tazas de excelente caldo, hecho por la licuación en agua caliente de esas preciosas pastillas Liebig, preparadas con los mejores cortes de los rumiantes de la Pampa. Al caldo de carne le siguieron unas rodajas de bistec comprimidas en una prensa hidráulica, tan tiernas y suculentas como si hubieran salido de las cocinas del café inglés. Michel, hombre imaginativo, llegó a sostener que eran "raros".

Las verduras en conserva "y más frescas que la naturaleza", dijo también el amable Michel, sucedieron al plato de carne, y fueron seguidas por unas tazas de té con tostadas al estilo americano con mantequilla. Esta bebida, declarada exquisita, se hacía con la infusión de las hojas más finas, de las que el emperador ruso había puesto unas cuantas cajas a disposición de los viajeros.

Finalmente, para coronar la comida, Ardan descorchó una buena botella de Nuits, que casualmente estaba en el compartimento de provisiones. Los tres amigos se lo bebieron a la unión de la Tierra y su satélite.

Y por si fuera poco el generoso vino que había destilado en las laderas de Borgoña, el Sol quiso sumarse. El proyectil salía en ese momento del cono de sombra proyectado por el globo terrestre, y los rayos del astro radiante incidían directamente sobre el disco inferior del proyectil, a causa del ángulo que la órbita de la Luna forma con la de la Tierra.

—¡El Sol!, gritó Michel Ardan.

—Sin duda —respondió Barbicane—. Lo estaba esperando.

—Sin embargo —dice Michel—, el cono de sombra que la Tierra deja en el espacio se extiende más allá de la Luna…

—Mucho más que eso, si no tenemos en cuenta la refracción atmosférica —dijo Barbicane—. Pero cuando la Luna está envuelta en esta sombra, es porque los centros de los tres astros, el Sol, la Tierra y la Luna, están en línea recta. Entonces los nodos coinciden con las fases de la Luna Llena y hay un eclipse. Si hubiéramos salido en el momento de un eclipse de luna, todo nuestro viaje se habría hecho a la sombra, lo que habría sido lamentable.

—¿Por qué?

—Porque, aunque estemos flotando en el vacío, nuestro proyectil, bañado por los rayos del sol, recogerá su luz y su calor. Así, el ahorro de gas, un ahorro precioso en todos los sentidos.

En efecto, bajo estos rayos, cuya temperatura y brillo no suavizaban ninguna atmósfera, el proyectil se calentaba y se iluminaba como si hubiera pasado repentinamente del invierno al verano. La Luna arriba, el Sol abajo, la inundaron con sus luces.

—Se está bien aquí, dice Nicholl.

—¡Ya lo creo que sí! —exclamó Michel Ardan. Con un poco de tierra vegetal esparcida en nuestro planeta de aluminio, podríamos hacer crecer guisantes en veinticuatro horas. Sólo tengo un temor, ¡que se derritan las paredes del proyectil!

—Tranquilo, mi digno amigo —respondió Barbicane—. El proyectil soportó una temperatura mucho mayor al deslizarse por las capas atmosféricas. Ni siquiera me sorprendería que se hubiera mostrado a los ojos de los espectadores de Florida como un bólido en llamas.

—Pero entonces, J.-T. Maston debe pensar que estamos asados.

—Lo que me sorprende —replicó Barbicane— es que no lo hayamos hecho. Era un peligro que no habíamos previsto.

—Yo sí lo temía —respondió Nicholl con sencillez.

—¡Y no nos lo has dicho, sublime capitán! —gritó Michel Ardan, estrechando la mano de su compañero.

Sin embargo, Barbicane procedió a instalarse en el proyectil como si nunca hubiera salido de él. Cabe recordar que este vagón aéreo tenía una superficie de cincuenta y cuatro pies cuadrados en su base. De doce pies de altura hasta la cima de su bóveda, hábilmente acondicionada en su interior, sin el estorbo de los instrumentos y utensilios de viaje que ocupaban cada uno un lugar especial, permitía a sus tres huéspedes una cierta libertad de movimientos. El grueso cristal, encajado en una parte de la base, podía soportar sin dañarse un peso considerable. Así Barbicane y sus compañeros andaban sobre él como sobre un suelo sólido. A todo esto, el Sol, que lo atacaba con sus rayos directos, iluminando por bajo el interior, producía efectos de luz muy singulares.

Lo primero que se comprobó fue el estado del depósito de agua y del depósito de comida. Estos contenedores no habían sufrido ningún daño, gracias a los arreglos realizados para amortiguar el impacto. La comida era abundante y podía alimentar a los tres viajeros durante todo un año. Barbicane había querido tomar precauciones en caso de que el proyectil aterrizara en una parte absolutamente estéril de la Luna. En cuanto al agua y la reserva de brandy, que consistía en cincuenta galones, sólo había suficiente para dos meses. Pero, según las últimas observaciones de los astrónomos, la Luna conservaba una atmósfera baja, densa y espesa, al menos en sus valles profundos, y no podían faltar arroyos y manantiales. Por lo tanto, durante la duración del viaje y durante el primer año de su asentamiento en el continente lunar, los aventureros exploradores no estarían expuestos ni al hambre ni a la sed.

Todavía quedaba la cuestión del aire dentro del proyectil. Aquí también todo era seguro. El aparato de Reiset y Regnaut, destinado a la producción de oxígeno, fue alimentado durante dos meses con clorato de potasio. Consumía necesariamente una cierta cantidad de gas, porque tenía que mantener el material productor por encima de los cuatrocientos grados. Pero aquí también estábamos seguros. Además, el aparato sólo requería un poco de supervisión. Funcionaba automáticamente. A esa alta temperatura, el clorato de potasio, al transformarse en cloruro de potasio, liberaba todo el oxígeno que contenía. Pero, ¿qué se obtiene con 18 libras de clorato de potasio? Las siete libras de oxígeno necesarias para el consumo diario de los huéspedes del proyectil.

Pero no bastaba con renovar el oxígeno gastado, aún era necesario absorber el ácido carbónico producido por la respiración. Desde hacía unas doce horas, la atmósfera del proyectil estaba cargada de este gas absolutamente nocivo, producto final de la combustión de los elementos de la sangre por el oxígeno inspirado. Nicholl reconoció este estado del aire cuando vio a Diana jadeando. De hecho, el ácido carbónico —fenómeno idéntico al que se produce en la famosa Gruta del Perro en Nápoles— se iba acumulando en el fondo del proyectil, debido a su peso. La pobre Diana, con la cabeza gacha, debió sufrir por tanto ante sus amos la presencia de este gas. Pero el capitán Nicholl se apresuró a remediar esta situación. Colocó varios recipientes de potasa cáustica en el fondo del proyectil, que agitó durante algún tiempo, y este material, al ser muy ávido de ácido carbónico, lo absorbió completamente y purificó así el aire de su interior.

A continuación se inició el inventario de los instrumentos. Los termómetros y barómetros habían sobrevivido, excepto un termómetro de mínimos cuyo cristal se había roto. Un excelente aneroide, sacado de la caja acolchada que lo contenía, estaba colgado en una de las paredes. Naturalmente, sólo medía y marcaba la presión del aire dentro del proyectil. Pero también indicaba la cantidad de vapor de agua que contenía. En este momento su aguja oscilaba entre 765 y 760 milímetros. Hacía "buen tiempo".

Barbicane también se había llevado varias brújulas, que se encontraron intactas. Es comprensible que en estas condiciones su aguja estuviera perdida, es decir, sin una dirección constante. En efecto, a la distancia en que el proyectil se encontraba de la Tierra, el polo magnético no podría ejercer ninguna acción sensible sobre el aparato. Pero estas brújulas, transportadas al disco lunar, podrían observar allí fenómenos particulares. En cualquier caso, era interesante comprobar si el satélite terrestre estaba sometido a la misma influencia magnética que la Tierra.

Un hipsómetro para medir la altitud de las montañas lunares, un sextante para medir la altura del Sol, un teodolito, un instrumento geodésico utilizado para elevar los planos y reducir los ángulos con respecto al horizonte, y un catalejo cuyo uso iba a ser muy apreciado en las aproximaciones a la Luna; todos estos instrumentos fueron cuidadosamente inspeccionados y se encontraron en buen estado, a pesar de la violencia del choque inicial.

En cuanto a los utensilios: los picos, las azadas, las diversas herramientas de las que Nicholl había hecho una selección especial, y en lo que respecta a los sacos de semillas diversas y los arbustos que Michel Ardan pretendía trasplantar en las tierras selenitas, estaban en su lugar en las esquinas superiores del proyectil. Había una especie de desván atestado de objetos que el pródigo francés había amontonado allí. Apenas se sabía lo que eran, y el alegre muchacho no daba explicaciones al respecto. De vez en cuando, trepaba por las paredes mediante crampones, cuya inspección se había reservado. Ordenó, arregló, hundió una mano rápida en ciertas cajas misteriosas, cantando en falsete algún viejo estribillo francés que animaba la situación.

Barbicane observó con interés que sus cohetes y otros dispositivos no habían sufrido daños. Estas importantes piezas, poderosamente cargadas, debían servir para frenar la caída del proyectil, cuando éste, requerido por la atracción lunar, después de haber pasado el punto de atracción neutra, cayera sobre la superficie de la Luna. La caída, además, iba a ser seis veces menos rápida de lo que habría sido en la superficie de la Tierra, gracias a la diferencia de masa de los dos astros.

Así que la inspección terminó con satisfacción general. Entonces todos volvieron a mirar el espacio a través de las ventanas laterales y del cristal inferior.

El mismo espectáculo. Toda la esfera celeste estaba repleta de estrellas y constelaciones de una pureza tan maravillosa que volvería loco a un astrónomo. Por un lado, el Sol, como la boca de un horno encendido, un disco deslumbrante sin halo, destacando sobre el fondo negro del cielo. Al otro lado, la Luna, lanzando sus luces por reflejo, y como inmóvil en medio del mundo estelar. Luego, un punto bastante grande, que parecía atravesar el firmamento y que seguía bordeado por un semicírculo plateado: era la Tierra. Aquí y allá, nebulosas amontonadas como grandes copos de nieve sideral, y desde el cénit hasta el nadir se extendía un inmenso anillo formado por un polvo impalpable de estrellas, la Vía Láctea, ¡en medio de la cual el Sol sólo cuenta como una estrella de cuarta categoría!

Los observadores no podían apartar los ojos de este nuevo espectáculo, del que ninguna descripción podía dar una idea. ¡Qué reflexiones les sugirió! ¡Qué emociones desconocidas despertó en sus almas! Barbicane quiso comenzar el relato de su viaje bajo la influencia de estas impresiones, y anotó hora a hora todos los hechos que señalaban el comienzo de su empresa. Escribió tranquilamente con su letra grande y cuadrada y con un estilo algo comercial.

Mientras tanto, el calculador Nicholl revisaba sus fórmulas de trayectorias y manejaba las cifras con una destreza sin igual. Michel Ardan charlaba a veces con Barbicane, que apenas le respondía, a veces con Nicholl, que no le oía, a veces con Diana, que no entendía nada de sus teorías, y finalmente con él mismo, haciendo averiguaciones y respuestas, yendo y viniendo, ocupándose de mil detalles, a veces inclinado sobre la ventana inferior, a veces encaramado en las alturas del proyectil, y siempre cantando. En este microcosmos representaba la agitación y la locuacidad francesas, y se nos pide que creamos que fue dignamente representada.

El día, o más bien —la expresión no es correcta— las doce horas que forman el día en la Tierra, terminaron con una cena abundante y finamente preparada. Todavía no se había producido ningún incidente de tal naturaleza que alterara la confianza de los viajeros. Así, llenos de esperanza, ya seguros del éxito, se durmieron plácidamente, mientras el proyectil, con una velocidad uniformemente decreciente, cruzaba los caminos del cielo.

CAPÍTULO IV

Un poco de álgebra

La noche transcurrió sin incidentes. De hecho, la palabra "noche" es un término equivocado.

La posición del proyectil no cambió en relación con el Sol. Astronómicamente, era de día en la parte inferior del proyectil, y de noche en la parte superior. Cuando estas dos palabras se utilizan en este relato, expresan el tiempo que transcurre entre la salida y la puesta del Sol en la Tierra.

El sueño de los viajeros era tanto más tranquilo cuanto que, a pesar de su excesiva velocidad, el proyectil parecía absolutamente inmóvil. Ningún movimiento delataba su marcha por el espacio. El movimiento, por muy rápido que sea, no puede causar ningún efecto apreciable en el organismo, cuando se produce en el vacío o cuando la masa de aire circula con el cuerpo que se transporta. ¿Qué habitante de la tierra es consciente de su velocidad, que sin embargo le lleva a noventa mil kilómetros por hora? En estas condiciones, el movimiento no se "siente" más que el reposo. Por lo tanto, todo cuerpo es indiferente a ella. Si un cuerpo está en reposo, permanecerá así mientras ninguna fuerza extraña lo mueva. Si está en movimiento, ya no se detendrá si no hay ningún obstáculo en su camino. Esta indiferencia al movimiento o al reposo es la inercia.

Por lo tanto, Barbicane y sus compañeros podían creer que estaban en absoluta inmovilidad, al estar encerrados dentro del proyectil. Además, el efecto habría sido el mismo si se hubieran colocado en el exterior. Sin la luna que crece por encima de ellos, habrían jurado que estaban flotando en un completo estancamiento.

Aquella mañana del 3 de diciembre, los viajeros fueron despertados por un sonido alegre pero inesperado. Era el canto de un gallo dentro del vagón.

Michel Ardan, el primero en ponerse en pie, subió a la parte superior del proyectil y cerró una caja medio abierta:

—¿Quieres callarte?, dijo en voz baja. Ese animal va a hacer fracasar mis cálculos.

Sin embargo, Nicholl y Barbicane se habían despertado.

—¿Un gallo?, dijo Nicholl.

—No, amigos míos —respondió bruscamente Miguel—, ¡fui yo quien quiso despertaros con esta vocalización rural!

Y mientras decía esto, dio un espléndido quiquiriquí que habría hecho honor al más orgulloso de los animales gallináceos.

Los dos estadounidenses no pudieron evitar reírse.

—Un bonito talento, dijo Nicholl, mirando con desconfianza a su compañero.

—Sí —respondió Michel—, una broma de mi país. Es muy galo. ¡Así es como se juega a los gallos en las mejores reuniones sociales!

Entonces, desviando la conversación:

—¿Sabes, Barbicane —dijo—, en qué he estado pensando toda la noche?

—No —dijo el presidente.

—En nuestros amigos de Cambridge. Ya habrás notado que soy un admirable ignorante de las cosas matemáticas. Por lo tanto, me resulta imposible adivinar cómo los científicos del Observatorio pudieron calcular cuál debía ser la velocidad inicial del proyectil cuando salió del Columbiad para llegar a la Luna.

—Quiere usted decir —replicó Barbicane— que hay que llegar a ese punto neutro en el que las atracciones terrestres y lunares están en equilibrio, pues, desde ese punto situado a unas nueve décimas partes del camino, el proyectil caerá sobre la Luna simplemente en virtud de su gravedad.

—Así es —respondió Michel—, pero, de nuevo, ¿cómo pudieron calcular la velocidad inicial?

—Nada más fácil —respondió Barbicane.

—¿Y tú habrías sabido hacer este cálculo? —preguntó Michel Ardan.

—Por supuesto. Nicholl y yo lo habríamos establecido, si la nota del Observatorio no nos hubiera ahorrado la molestia.

—Bueno, mi viejo Barbicane —replicó Michel—, ¡hubiera preferido cortarme la cabeza, empezando por los pies, antes que hacerme resolver este problema!

—Porque no sabes álgebra —respondió Barbicane en voz baja.

—¡Ah, ahí estáis, *devoradores de X*! Siempre igual, todo lo queréis solucionar con el álgebra.

—Michel —respondió Barbicane—, ¿crees que se puede forjar sin martillo o arar sin arado?

—Difícilmente.

—Bueno, el álgebra es una herramienta, como el arado o el martillo, y una buena herramienta para los que saben usarla.

—¿En serio?

—Muy en serio.

—¿Y podrías usar esta herramienta delante de mí?

—Si estás interesado.

—¿Y me enseñas cómo hemos calculado la velocidad inicial de nuestro vagón?

—Sí, mi digno amigo. Teniendo en cuenta todos los elementos del problema, la distancia del centro de la Tierra al centro de la Luna, el radio de la Tierra, la masa de la Tierra, la masa de la Luna, puedo establecer con exactitud cuál debió ser la velocidad inicial del proyectil, y ello mediante una sencilla fórmula.

—Veamos la fórmula.

—Lo verás. Sólo que no te daré la curva real dibujada por el proyectil entre la Luna y la Tierra, teniendo en cuenta su movimiento de traslación alrededor del Sol. No. Consideraré estas dos estrellas como inmóviles, lo cual es suficiente para nosotros.

—¿Y por qué?

Porque se estaría buscando la solución al llamado "problema de los tres cuerpos", y el cálculo integral aún no está lo suficientemente avanzado como para resolverlo.

—Bueno —dijo Michel Ardan, con su tono sarcástico—, las matemáticas no han dicho su última palabra…

—Claro que no —dijo Barbicane.

—¡Quizás los selenitas hayan llevado el cálculo integral más lejos que tú! Y por cierto, ¿qué es ese cálculo integral?

—Es un cálculo inverso al cálculo diferencial —respondió Barbicane con seriedad.

—Tiene que serlo.

—Es decir, es un cálculo por el que se buscan cantidades finitas cuya diferencia se conoce.

—Al menos eso está claro —respondió Michel con una mirada de satisfacción.

—Y ahora —continuó Barbicane—, un papel, un lápiz, y antes de media hora quiero haber encontrado la fórmula solicitada.

Barbicane, dicho esto, se absorbió en su trabajo, mientras Nicholl observaba el espacio, dejando a su compañero ocuparse del almuerzo.

No había pasado media hora cuando Barbicane, levantando la cabeza, mostró a Michel Ardan una página cubierta de signos algebraicos, en medio de los cuales destacaba esta fórmula general:

$$\frac{1}{2}\left(v^2 - v_0^2\right) = gr\left\{\frac{r}{x} - 1 + \frac{m'}{m}\left(\frac{r}{d-x} - \frac{r}{d-r}\right)\right\}$$

—¿Y eso significa?, preguntó Michel.

—Esto significa, respondió Nicholl, que: la mitad de *v* dos menos *v* cero al cuadrado, es igual a *gr multiplicado* por *r* sobre *x* menos uno, más *m* primo sobre *m* multiplicado por *r* sobre *d* menos *x*, menos *r* sobre *d* menos *r* …

—X sobre *y* montado sobre *z* y montado sobre *p* —exclamó Michel Ardan, estallando en carcajadas—. ¿Y lo entiende, capitán?

—Nada más claro.

—¡Cómo! —dijo Michel. Pero eso es obvio, y no pido más.

—¡Risas eternas! —respondió Barbicane. Querías álgebra, ¡y la tendrás hasta en la barbilla!

—¡Prefiero que me cuelguen!

—En efecto —replicó Nicholl, que examinaba la fórmula como un experto—, me parece que está bien encontrada, Barbicane. Es la integral de la ecuación de las fuerzas vivas, y no me cabe duda de que nos da el resultado que buscamos.

—¡Pero me gustaría entender! ¡Daría diez años de la vida de Nicholl para entenderlo!

—Escucha entonces —dijo Barbicane—. La mitad de *v* dos menos *v* cero al cuadrado es la fórmula que nos da la media variación de la fuerza viva.

—Bueno, ¿sabe Nicholl lo que significa eso?

—Sin duda, Miguel —respondió el capitán—. Todos estos signos, que te parecen cabalísticos, son sin embargo el lenguaje más claro y lógico para los que saben leerlo.

—¿Y pretendes, Nicholl —preguntó Michel—, que mediante estos jeroglíficos, más incomprensibles que los ibis egipcios, podrás averiguar qué velocidad inicial debió tener el proyectil?

—Sin duda —respondió Nicholl—, e incluso con esta fórmula podré decirte siempre cuál es su velocidad en cualquier punto de su recorrido.

—¿Palabra de honor?

—Palabra de honor.

—Entonces, ¿eres tan inteligente como nuestro presidente?

—No, Michel. Lo difícil es lo que hizo Barbicane. Se trata de establecer una ecuación que tenga en cuenta todas las condiciones del problema. El resto es sólo una cuestión de aritmética, y sólo requiere el conocimiento de las cuatro reglas.

—¡Eso ya me gusta más! —respondió Michel Ardan, que nunca en su vida había sido capaz de hacer una suma correcta, y que definió esta regla de la siguiente manera: "Un pequeño rompecabezas chino que permite obtener totales indefinidamente variados".

Sin embargo, Barbicane dijo que Nicholl, si hubiera pensado en ello, seguramente habría encontrado esta fórmula.

—No lo sé, dijo Nicholl, porque cuanto más lo estudio, más me parece que está maravillosamente establecido.

—Ahora escucha —dijo Barbicane a su ignorante camarada— y verás que todas estas letras tienen un significado.

—Estoy escuchando —dijo Michel con una mirada resignada.

— d —dice Barbicane—, es la distancia del centro de la Tierra al centro de la Luna, pues estos son los centros que hay que tomar para calcular las atracciones.

—Eso lo entiendo.

—r es el radio de la Tierra.

—r, radio. Admitido.

—m es la masa de la Tierra; m es la masa de la Luna. Esto se debe a que hay que tener en cuenta la masa de los dos cuerpos que se atraen, ya que la atracción es proporcional a las masas.

—Eso se entiende.

—g representa la gravedad, la velocidad adquirida al cabo de un segundo por un cuerpo que cae sobre la superficie de la Tierra. ¿Está claro?

—¡Claro como el agua! —respondió Michel.

—Ahora, represento por x la distancia variable que separa al proyectil del centro de la Tierra, y por v la velocidad que tiene el proyectil a esta distancia.

—Bien.

—Finalmente, la expresión v subcero en la ecuación es la velocidad del proyectil al salir de la atmósfera.

—En efecto —dice Nicholl—, este es el punto en el que debemos calcular esta velocidad, puesto que ya sabemos que la velocidad a la partida es exactamente tres mitades de la velocidad a la salida de la atmósfera.

—¡No lo comprendo! —dijo Michel.

—Es muy sencillo —dijo Barbicane.

—No tan simple como yo —respondió Michel.

—Esto significa que cuando nuestro proyectil alcanzó el borde de la atmósfera terrestre, ya había perdido un tercio de su velocidad inicial.

—¿Eso es mucho?

—Sí, amigo mío, sólo por su fricción con las capas atmosféricas. Se puede ver que cuanto más rápido caminaba, más resistencia encontraba del aire.

—Lo admito —replicó Miguel— y lo entiendo, aunque tu v cero dos y tu v cero al cuadrado tiemblan en mi cabeza como clavos en una bolsa.

—Es el primer efecto del álgebra —continuó Barbicane—. Y ahora, para terminar, vamos a establecer los datos numéricos de estas distintas expresiones, es decir, a calcular su valor.

—¡Acabad conmigo! —respondió Michel.

—De estas expresiones, dice Barbicane, algunas son conocidas, otras hay que calcularlas.

—Yo me encargo de esto último —dice Nicholl.

—Veamos r —dijo *Barbicane*—. r es el radio de la Tierra que, en la latitud de Florida, nuestro punto de partida, equivale a seis millones trescientos setenta mil metros. d es la distancia del centro de la Tierra al centro de la Luna, y es de cincuenta y seis radios terrestres, o…

Nicholl se apresuró a ponerle una cifra.

—Es decir, dijo, trescientos cincuenta y seis millones setecientos veinte mil metros, en el momento en que la Luna está en su perigeo, es decir, a su máxima distancia de la Tierra.

—Bien —dijo Barbicane—. Ahora m partido por m', es decir, la relación entre la masa de la Luna y la de la Tierra, es igual a uno ochenta y uno.

—Perfecto —dice Michel.

—g, la gravedad, está en Florida nueve metros ochenta y uno. Por lo tanto, gr es igual a…

—Sesenta y dos millones cuatrocientos veintiséis mil metros cuadrados —respondió Nicholl.

—¿Y ahora? —preguntó Michel Ardan.

—Ahora que las expresiones están cuantificadas —respondió Barbicane—, buscaré la velocidad v subcero, es decir, la velocidad que debe tener el proyectil al salir de la atmósfera para alcanzar el punto de atracción igual a cero. Como, en este momento, la velocidad será nula, supongo que será igual a cero, y que x, la distancia a la que se encuentra este punto neutro, estará representada por nueve décimas de d, es decir, la distancia que separa los dos centros.

—Tengo una vaga idea de que así debe ser —dice Michel.

—Tendré entonces: x es igual a nueve décimos de d, y v es igual a cero, y mi fórmula será…

Barbicane escribió rápidamente en el papel:

$$v_0^2 = 2gr \left\{ 1 - \frac{10r}{9d} - \frac{1}{81} \left(\frac{10r}{d} - \frac{r}{d-r} \right) \right\}$$

Nicholl leyó con una mirada ansiosa.

—¡Eso es! ¡Eso es!, gritó.

—¿Está claro? —preguntó Barbicane.

—¡Está escrito con letras de fuego!

—¡Pobres hombres! —murmuró Michel.

—¿Has entendido, por fin? —preguntó Barbicane.

—¡Si entendiera! —exclamó Michel Ardan—, pero es que me estalla la cabeza.

—Así, continuó Barbicane, v cero dos es igual a dos gr multiplicados por uno, menos diez r sobre $9d$, menos uno ochenta y uno multiplicado por diez r sobre d menos r sobre d menos r.

—Y ahora —dijo Nicholl— para obtener la velocidad del proyectil al salir de la atmósfera, no queda más que calcular.

El capitán, como practicante experimentado en todas las dificultades, comenzó a calcular con una rapidez espantosa. Las divisiones y multiplicaciones se alargaron bajo sus dedos. Los números chirriaban en su página en blanco. Barbicane le siguió con la mirada, mientras Michel Ardan comprimía con ambas manos un incipiente dolor de cabeza.

—¿Y bien?, preguntó Barbicane, tras varios minutos de silencio.

—Bueno, hechos todos los cálculos —respondió Nicholl—, v subcero, es decir, la velocidad del proyectil al salir de la atmósfera, para alcanzar el punto de igual atracción, debe haber sido…

—¿Cuánto? —dijo Barbicane.

—De once mil cincuenta y un metros en el primer segundo.

—¿Cómo dices? —dijo Barbicane, dando saltos de alegría.

—Once mil cincuenta y un metros.

—¡Maldición! —exclamó el presidente con un gesto de desesperación.

—¿Qué tienes? —preguntó Michel Ardan, muy sorprendido.

—¿Qué tengo? Que si en ese momento la velocidad ya estaba reducida en un tercio por el rozamiento, la velocidad inicial debería haber sido…

—¡Dieciséis mil quinientos setenta y seis metros! —respondió Nicholl.

—¡Y el Observatorio de Cambridge, que declaró que once mil metros eran suficientes para empezar, y nuestro proyectil sólo empezó con esa velocidad!

—¿Y bien? —preguntó Nicholl.

—Bueno, no será suficiente.

—¡Genial!.

—¡No alcanzaremos el punto muerto!

—¡Santo Dios!

—¡Ni siquiera iremos a la mitad del camino!

—¡Demonios! —exclamó Michel Ardan, saltando como si el proyectil estuviera a punto de golpear el esferoide terrestre.

—¡Y caeremos de nuevo a la Tierra!

CAPÍTULO V

El frío del espacio

Esta revelación cayó como un rayo. ¿Quién iba a esperar semejante error de cálculo? Barbicane no quería creerlo. Nicholl volvió a ver sus cifras. Tenían razón. En cuanto a la fórmula que los había determinado, no se podía sospechar de su exactitud, y una vez comprobada, era claro que se necesitaba una velocidad inicial de dieciséis mil quinientos setenta y seis metros en el primer segundo para alcanzar el punto neutro.

Los tres amigos se miraron en silencio. Ya no se pensaba en almorzar. Barbicane, con los dientes apretados, las cejas contraídas y los puños cerrados convulsivamente, observaba a través de la portilla. Nicholl se había cruzado de brazos, examinando sus cálculos. Michel Ardan murmuraba:

—¡Estos son los científicos! Siempre hacen lo mismo. Daría una fortuna por entrar en el Observatorio de Cambridge y aplastarlo con todos los que se dedican a hacer números.

De repente, el capitán hizo una reflexión que fue directa a Barbicane.

—¡Ah!, son las siete de la mañana —dijo. Hemos estado fuera durante treinta y dos horas. Más de la mitad de nuestro viaje está cubierto, ¡y no estamos cayendo, que yo sepa!

Barbicane no respondió. Pero, tras una rápida mirada al capitán, tomó una brújula que utilizó para medir la distancia angular del globo. Luego, a través de la ventana inferior, hizo una observación muy exacta, teniendo en cuenta la aparente inmovilidad del proyectil. Luego se levantó, se limpió el sudor de la frente y

57

puso algunas cifras en el papel. Nicholl comprendió que el presidente quería deducir, a partir de la medición del diámetro de la tierra, la distancia de la pelota a la tierra. Lo miró con ansiedad.

—¡No!, gritó Barbicane después de unos momentos, ¡no, no vamos a caer! ¡Ya estamos a más de cincuenta mil leguas de la tierra! Hemos pasado ese punto en el que el proyectil debería haberse detenido, si su velocidad hubiera sido sólo de once mil metros al principio. ¡Seguimos subiendo!

—Es obvio —replicó Nicholl—, y hay que concluir que nuestra velocidad inicial, bajo el empuje de las cuatrocientas mil libras de algodón detonante, superó los once mil metros que se reclaman. Entonces puedo explicar por qué, después de sólo trece minutos, nos encontramos con el segundo satélite que está orbitando a más de dos mil leguas de la Tierra.

—Y esta explicación es tanto más probable —añadió Barbicane— cuanto que, al arrojar el agua encerrada entre sus tabiques de rotura, el proyectil se encontró de pronto aligerado de un peso considerable.

—¡Claro! —dijo Nicholl.

—¡Ah, mi valiente Nicholl! —exclamó Barbicane—, estamos salvados.

—Bueno —respondió Michel Ardan en voz baja—, ya que estamos salvados, almorcemos.

Efectivamente, Nicholl no se equivocó. La velocidad inicial había sido, afortunadamente, mayor que la indicada por el Observatorio de Cambridge, lo cierto es que éste se había equivocado.

Los viajeros, una vez recuperados de esta falsa alarma, se sentaron a comer alegremente. Si comían mucho, hablaban aún más. La confianza fue mayor después que antes del "incidente del álgebra".

—¿Por qué no íbamos a tener éxito?, repitió Michel Ardan. ¿Por qué no vamos a tener éxito? Nos lanzamos. No hay obstáculos ante nosotros. No hay piedras en nuestro camino. El camino es libre, más libre que el del barco que lucha contra el mar, más libre que el del globo que lucha contra el viento. Ahora bien, si un barco llega donde quiere, si un globo se eleva donde le place, por qué nuestro proyectil no va a alcanzar su objetivo.

—Llegará a hacerlo —dice Barbicane.

—Aunque sólo sea para honrar al pueblo americano —añadió Michel Ardan—, el único que podría llevar a cabo semejante empresa, el único que podría producir un presidente Barbicane. ¡Ah!, pienso, ahora que no tenemos más ansiedad, ¿qué será de nosotros? ¡Nos vamos a aburrir muchísimo!

Barbicane y Nicholl hicieron un gesto de negación.

—Pero he previsto el caso, amigos míos, reanudó Michel Ardan. No hay más que hablar. Tengo a vuestra disposición ajedrez, damas, cartas, dominó… ¡Sólo necesito una mesa de billar!

—¡Qué! —preguntó Barbicane—, ¿te has traído todo esos trastes?

—Pues claro —contestó Miguel—, y no sólo para entretenernos, sino también con la loable intención de equipar con ellos los bares selenitas.

—Amigo mío —dijo Barbicane—, si la Luna está habitada, sus habitantes aparecieron unos cuantos miles de años antes que los de la Tierra, pues no hay duda de que esta estrella es más antigua que la nuestra. Por tanto, si los selenitas existen desde hace cientos de miles de años, si su cerebro está organizado como el humano, han inventado todo lo que nosotros ya hemos inventado, e incluso lo que inventaremos en los siglos venideros. Ellos no tendrán nada que aprender de nosotros y nosotros tendremos todo que aprender de ellos.

—¡Qué! —replicó Michel—, ¿crees que tenían artistas como Fidias, Miguel Ángel o Rafael?

—Sí.

—¿Poetas como Homero, Virgilio, Milton, Lamartine, Hugo?

—Estoy seguro.

—¿Filósofos como Platón, Aristóteles, Descartes, Kant?

—No tengo ninguna duda al respecto.

—¿Sabios como Arquímedes, Euclides, Pascal, Newton?

—Lo juraría.

—¿Comediantes como Arnal y fotógrafos como… como Nadar?

—Sin duda.

—Entonces, amigo Barbicane, si son tan avanzados como nosotros, e incluso más, estos selenitas, ¿por qué no han intentado comunicarse con la Tierra? ¿Por qué no han lanzado un proyectil lunar a las regiones terrestres?

—¿Quién dice que no lo hicieron? —respondió Barbicane con seriedad.

—En efecto —añadió Nicholl—, era más fácil para ellos que para nosotros, y por dos razones: en primer lugar, porque la atracción es seis veces menor en la superficie de la Luna que en la de la Tierra, lo que permite alejar un proyectil con mayor facilidad; en segundo lugar, porque bastaba con enviar este proyectil sólo ocho mil leguas en lugar de ochenta mil, lo que sólo requiere una fuerza de proyección diez veces menor.

—Entonces —dijo Michel— repito: ¿por qué no lo hicieron?

—Y yo —replicó Barbicane— repito: ¿quién dice que no lo hicieron?

—¿Cuándo?

—Hace miles de años, antes de la aparición del hombre en la Tierra.

—¿Y el proyectil? ¿Dónde está el proyectil? ¡Exijo ver el proyectil!

—Amigo mío —contestó Barbicane—, el mar cubre cinco sextas partes de nuestro globo. Por lo tanto, cinco buenas razones para suponer que el proyectil lunar, si ha sido lanzado, está ahora sumergido en el fondo del Atlántico o del Pacífico. A menos que esté enterrado en alguna grieta, cuando la corteza terrestre aún no estaba suficientemente formada.

—Mi viejo Barbicane —replicó Michel—, tienes una respuesta para todo y me inclino ante tu sabiduría. Sin embargo, hay una hipótesis que me vendría mejor que las otras: que los selenitas, siendo más viejos que nosotros, sean más sabios y no hayan inventado la pólvora.

En ese momento, Diana se unió a la conversación con un fuerte ladrido. Estaba llamando para su almuerzo.

—¡Ah!, dijo Michel Ardan, en tales discusiones nos olvidamos de Diana y Satélite.

Inmediatamente, se ofreció una respetable comida al perro, que la devoró con gran apetito.

—Ya ves, Barbicane —dijo Michel—, tendríamos que haber hecho una segunda Arca de Noé con este proyectil y llevar una pareja de todos los animales domésticos a la Luna.

—Sin duda —contestó Barbicane—, pero no habría habido espacio.

—¡Bah! —dijo Michel, apretándose un poco.

—El hecho es —respondió Nicholl— que el buey, la vaca, el toro, el caballo, todos estos rumiantes nos serían muy útiles en el continente lunar. Desgraciadamente, este vagón no pudo convertirse ni en establo ni en granero.

—Pero al menos —dijo Michel Ardan— podríamos haber traído un burro, sólo un burrito, esa bestia valiente y paciente que al viejo Sileno le gustaba montar. Me encantan, ¡esos pobres burros! De hecho, son los animales menos favorecidos de la creación. ¡No sólo son golpeados durante su vida, sino que también son golpeados después de su muerte!

—¿Qué quieres decir? —preguntó Barbicane.

—¡Nada! —dijo Michel—, ¡que hacen parches de tambor con ellos!

Barbicane y Nicholl no pudieron evitar reírse de este absurdo pensamiento. Pero un grito de su alegre compañero les detuvo. Este último se había inclinado hacia el cobijo de Satélite y se estaba levantando, diciendo:

—Satélite ya no está enfermo.

—¡Ah! —dijo Nicholl.

—No, —dijo Michel—, está muerto. Eso —añadió lastimosa-mente— será un contratiempo. Me temo, mi pobre Diana, que no tendrás un hogar en las regiones lunares.

De hecho, el desafortunado Satélite no pudo sobrevivir a sus heridas. Estaba muerto y bien muerto. Michel Ardan, muy desconcertado, miró a sus amigos.

—Hay una duda, dijo Barbicane. No podemos mantener el cadáver de este perro con nosotros durante otras cuarenta y ocho horas.

—No, probablemente no —contestó Nicholl—, pero nuestros ojos de buey tienen bisagras. Se pueden plegar. Abriremos uno de ellos y lanzaremos este cuerpo al espacio.

El presidente pensó unos instantes y dijo:

—Sí, habrá que hacerlo, pero con el máximo cuidado.

—¿Por qué?

—Por dos motivos que usted comprenderá —respondió Barbicane—. El primero se refiere al aire que contiene el proyec-til, y del que debe perderse lo menos posible.

—Poco importa, ya que lo regeneramos de nuevo.

—Sólo en parte. Sólo regeneramos el oxígeno, mi buen Michel, y a este respecto procuramos que el aparato no suministre este oxígeno en cantidades inmoderadas, pues este exceso provo-caría trastornos fisiológicos muy graves. Pero si reponemos el oxígeno, no reponemos el nitrógeno, elemento que los pulmones no absorben y que debe permanecer intacto. Este nitrógeno se escaparía rápidamente por las ventanas abiertas.

—¡Oh!, es hora de tirar al pobre Satélite —dijo Michel.

—Bien, pero actuemos rápido.

—¿Y el segundo motivo?

—El segundo motivo es que no se debe permitir que el frío externo penetre en exceso en el proyectil, de lo contrario nos congelaremos vivos.

—Sin embargo, el Sol…

—El Sol calienta nuestro proyectil que absorbe sus rayos, pero no calienta el vacío donde estamos flotando en este momento. Donde no hay aire, no hay más calor que la luz difusa, y al igual que es oscuro, es frío donde los rayos del Sol no llegan directamente. Por tanto, esta temperatura no es otra que la producida por la radiación estelar, es decir, la que experimentaría el globo terráqueo si el Sol se extinguiera un día.

—Lo cual no es de temer, respondió Nicholl.

—¿Quién sabe? —dijo Michel Ardan. Además, admitiendo que el Sol no se apague, ¿no puede ocurrir que la Tierra se aleje de él?

—¡Bien! —dijo Barbicane—, ¡aquí está Michel con sus ideas!

—Oye —dijo Michel—, ¿no sabemos que la Tierra atravesó la cola de un cometa en 1861? Ahora bien, supongamos un cometa cuya atracción sea mayor que la solar, la órbita de la tierra se inclinará hacia el astro errante, y la Tierra, convertida en su satélite, será arrastrada a una distancia tal que los rayos del sol ya no tendrán ningún efecto sobre su superficie.

—Puede ocurrir, en efecto —replicó Barbicane—, pero las consecuencias de tal movimiento pueden no ser tan formidables como usted supone.

—¿Y por qué?

—Porque el frío y el calor seguirían en equilibrio en nuestro globo. Se ha calculado que, si la Tierra hubiera sido arrastrada por el cometa de 1861, no habría sentido, a su mayor distancia del Sol, un calor dieciséis veces mayor que el que nos envía la Luna, un calor que, concentrado en el foco de las lentes más fuertes, no produce ningún efecto apreciable.

—¿Y bien? —dijo Michel.

—Espera un momento —respondió Barbicane—. También se calcula que en su perihelio, a su máxima distancia del Sol, la Tierra habría soportado un calor equivalente a veintiocho mil veces el del verano. Pero este calor, capaz de vitrificar la materia terrestre y vaporizar las aguas, habría formado un grueso anillo de nubes que habría reducido esta temperatura excesiva. De ahí la compensación entre el frío del afelio y el calor del perihelio, y una media probablemente soportable.

—¿Pero cuántos grados tiene la temperatura estimada del espacio planetario?

—Antiguamente —respondió Barbicane— se creía que esta temperatura era excesivamente baja. Mediante el cálculo de su descenso termométrico, fue posible calcularlo en millones de grados bajo cero. Fue Fourier, compatriota de Michel, ilustre científico de la Academia de Ciencias, quien redujo estas cifras a estimaciones más precisas. Según él, la temperatura del espacio no baja de los sesenta grados.

—¡Puh! —dijo Michel.

—Es más o menos —respondió Barbicane— la temperatura que se observó en las regiones polares, en la isla de Melville o en Fort Reliance, o sea unos cincuenta y seis grados centígrados bajo cero.

—Queda por demostrar —dijo Nicholl— que Fourier no erró en sus estimaciones. Si no me equivoco, otro científico francés, M. Pouillet, estima la temperatura del espacio en ciento sesenta grados bajo cero. Esto es lo que vamos a comprobar.

—No en este momento —respondió Barbicane—, pues los rayos solares, al incidir directamente sobre nuestro termómetro, darían, por el contrario, una temperatura muy elevada. Pero cuando hayamos llegado a la Luna, durante las noches de quince días que experimenta alternativamente cada una de sus caras, tendremos el tiempo libre para hacer este experimento, pues nuestro satélite se mueve en el vacío.

—¿Pero qué entiendes por vacío? —preguntó Miguel—, ¿es el vacío absoluto?

—Es el vacío absolutamente privado de aire.

—¿Y en el que el aire no es sustituido por nada?

—Sí, lo es. Por el éter, respondió Barbicane.

—¿Y qué es el éter?

—El éter, amigo mío, es una aglomeración de átomos imponderables que, en relación con sus dimensiones, dicen los trabajos de la física molecular, están tan alejados como los cuerpos celestes en el espacio. Su distancia, sin embargo, es inferior a tres millonésimas de milímetro. Son estos átomos los que, por su movimiento vibratorio, producen la luz y el calor, haciendo cuatrocientos treinta trillones de ondulaciones por segundo, teniendo sólo de cuatro a seis diezmilésimas de milímetro de amplitud.

—¡Miles de miles de millones! —exclamó Michel Ardan—, ¡han medido y contado estas oscilaciones! Todo esto, amigo Barbicane, es cosa de cifras científicas, que asustan al oído y no dicen nada a la mente.

—Sin embargo, es necesario ponerle una cifra…

—No. Es mejor comparar. Un billón no significa nada. Un objeto de comparación lo dice todo. Ejemplo: cuando me hayas repetido que el volumen de Urano es setenta y seis veces mayor que el de la Tierra, el de Saturno novecientas veces mayor, el de Júpiter mil trescientas veces mayor, el del Sol mil trescientas mil veces mayor, no estaré mucho más adelantado. Así que prefiero, con mucho, esas viejas comparaciones del *Doble Liégeo*, que les dice a todos tontamente: ¡El Sol es una calabaza de dos pies de diámetro, Júpiter una naranja, Saturno un cangrejo, Neptuno una guinda, Urano una gran cereza, la Tierra un guisante, Venus un guisante, Marte una gran cabeza de alfiler, Mercurio un grano de mostaza, y Juno, Ceres, Vesta y Pallas meros granos de arena! Al menos sabemos a qué atenernos.

Tras este arrebato de Michel Ardan contra los científicos y los billones que alinean sin pestañear, procedieron a enterrar a Satélite. Se trataba simplemente de lanzarlo al espacio, del mismo modo que los marineros arrojan un cadáver al mar.

Pero, como había recomendado el presidente Barbicane, era necesario actuar con rapidez, para perder lo menos posible el aire que su elasticidad habría vertido rápidamente en el vacío. Los cerrojos de la ventana de la derecha, cuya apertura medía unos treinta centímetros, fueron cuidadosamente desatornillados, mientras Michel, todo contrito, se preparaba para lanzar a su perro al espacio. La ventana, maniobrada por una poderosa palanca que venció la presión del aire interior sobre las paredes del proyectil, giró rápidamente sobre sus bisagras y Satélite salió despedido. Apenas se escaparon algunas moléculas de aire, y la operación tuvo tanto éxito que más tarde Barbicane no tuvo miedo de deshacerse de los restos inútiles que abarrotaban el vagón.

CAPÍTULO VI

Preguntas y respuestas

El 4 de diciembre, los cronómetros marcaron las cinco de la mañana cuando los viajeros se despertaron, tras cincuenta y cuatro horas de viaje. En cuanto al tiempo, sólo habían superado en cinco horas y cuarenta minutos la mitad del tiempo asignado a su estancia en el proyectil; pero en cuanto al viaje, ya habían completado casi siete décimas partes del mismo. Esta característica se debe a la disminución regular de su velocidad.

Cuando miraban la Tierra a través de la ventana inferior, sólo les parecía una mancha oscura, ahogada por los rayos del sol. No más media luna, no más luz cenicienta. Al día siguiente, a medianoche, la Tierra debía ser nueva, en el preciso momento en que la Luna estaba llena. Por encima, la estrella de las noches se acercaba cada vez más a la línea seguida por el proyectil, para encontrarse con él en el momento indicado. Alrededor, la bóveda negra estaba tachonada de puntos brillantes que parecían moverse lentamente. Pero a la considerable distancia en la que se encontraban, su tamaño relativo no parecía haber cambiado. El Sol y las estrellas aparecieron exactamente como se ven desde la Tierra. En cuanto a la Luna, había crecido considerablemente; pero los catalejos de los viajeros, que no eran muy potentes en su mayoría, no les permitían todavía hacer observaciones útiles de su superficie, ni reconocer sus características topográficas o geológicas.

Así pasó el tiempo en interminables conversaciones. Hablaban sobre todo de la Luna. Cada uno aportaba sus conocimientos

67

particulares. Barbicane y Nicholl, siempre serios, Michel Ardan, siempre fantasioso. El proyectil, su situación, su dirección, los incidentes que podrían ocurrir, las precauciones que requeriría su caída en la Luna, eran materia inagotable de conjeturas.

Precisamente, durante el almuerzo, una petición de Michel, relacionada con el proyectil, provocó una respuesta bastante curiosa de Barbicane y digna de ser denunciada.

Michel, suponiendo que el proyectil se hubiera detenido de repente, mientras seguía moviéndose con su formidable velocidad inicial, quiso saber cuáles habrían sido las consecuencias de esta parada.

—Pero —replicó Barbicane— no veo cómo se pudo detener el proyectil.

—Supongamos que sí —respondió Michel.

—Supuesto inviable —respondió el práctico Barbicane—. A menos que la fuerza del impulso le haya fallado. Pero entonces su velocidad habría disminuido poco a poco, y no se habría detenido de repente.

—Admitamos que golpeó un cuerpo en el espacio.

—¿Cuál?

—Ese enorme coche que conocimos.

—Entonces —dijo Nicholl— el proyectil se habría roto en mil pedazos, y nosotros con él.

—Mejor que eso —respondió Barbicane—, nos habríamos quemado vivos.

—¿Quemado? —exclamó Michel. Lamento que el caso no se haya presentado "para verlo".

—Y tú lo habrías visto —respondió Barbicane—. Ahora sabemos que el calor es sólo una modificación del movimiento. Cuando calentamos el agua, es decir, cuando le añadimos calor, significa que damos movimiento a sus moléculas.

—Bien —dijo Michel—, ¡es una teoría ingeniosa!

—Y con razón, mi digno amigo, pues explica todos los fenómenos calóricos. El calor es sólo un movimiento molecular, una simple oscilación de las partículas de un cuerpo. Cuando se pisa el freno de un tren, éste se detiene. Pero, ¿qué ocurre con el movimiento que lo animó? Se convierte en calor y el freno se calienta. ¿Por qué se engrasa el eje de la rueda? Para evitar que se caliente, ya que este calor se perdería por transformación. ¿Lo entiendes?

—¡Si lo entiendo! —respondió Miguel, admirablemente. Así, por ejemplo, cuando he corrido durante mucho tiempo, cuando estoy nadando, cuando estoy sudando profusamente, ¿por qué me veo obligado a parar? Simplemente porque mi movimiento se ha convertido en calor.

Barbicane no pudo evitar sonreír ante el comentario de Michel. Entonces, retomando su teoría:

—Por lo tanto —dijo—, en caso de choque, nuestro proyectil habría sido como la bala que cae ardiendo tras chocar con la placa metálica. Es su movimiento el que se ha convertido en calor. En consecuencia, afirmo que si nuestro proyectil hubiera chocado con el bólido, su velocidad, aniquilada súbitamente, habría determinado un calor capaz de volatilizarlo instantáneamente.

—Entonces —preguntó Nicholl—, ¿qué pasaría si la Tierra dejara de moverse de repente?

—Su temperatura se elevaría a tal punto —respondió Barbicane— que se reduciría inmediatamente a vapor.

—Bueno —dijo Michel—, aquí hay una forma de acabar con el mundo que simplificaría las cosas.

—¿Y si la Tierra cayera sobre el Sol?

—Según los cálculos —respondió Barbicane—, esta caída desarrollaría un calor igual al producido por mil seiscientos globos de carbón de volumen igual al del globo terrestre.

—Un buen aumento de la temperatura para el Sol —respondió Michel Ardan—, y del que no se quejarían los habitantes de Urano o Neptuno, que deben morir de frío en su planeta.

—Así, amigos míos —continuó Barbicane—, cualquier movimiento detenido de repente produce calor. Y esta teoría ha permitido admitir que el calor del disco solar se alimenta de una lluvia de bólidos que cae incesantemente sobre su superficie. Incluso se ha calculado...

—Retengámonos a nosotros mismos —murmuró Michel—, estas son las cifras que están llegando.

—Se ha calculado incluso —continuó Barbicane imperturbable— que el impacto de cada bólido sobre el Sol debe producir un calor igual al de cuatro mil masas de carbón de igual volumen.

—¿Y cuál es el calor solar?

—Es igual al que se produciría por la combustión de una capa de carbón que rodeara al Sol con un espesor de veintisiete kilómetros.

—¿Y ese calor?

—Sería capaz de hervir dos mil novecientos millones de metros cúbicos de agua por hora.

—¿Y no nos asa? —exclamó Michel.

—No, respondió Barbicane, porque la atmósfera de la Tierra absorbe cuatro décimas partes del calor solar. Además, la cantidad de calor interceptada por la Tierra es sólo una dos mil millonésima parte de la radiación total.

—Ya veo que todo es para bien —respondió Miguel—, y que esta atmósfera es un invento útil, pues no sólo nos permite respirar, sino que también evita que nos cocinemos.

—Sí —dice Nicholl—, y desgraciadamente no será lo mismo en la Luna.

—¡Bah! —dijo Michel, todavía confiado. Si hay habitantes, respiran. Si no los hay, habrán dejado oxígeno suficiente para tres personas, ¡aunque sea en las profundidades de los barrancos donde su gravedad lo habrá acumulado! ¡Bueno, no escalaremos las montañas! Eso es todo.

Y Miguel, levantándose, fue a mirar el disco lunar que brillaba con un fulgor insoportable.

—¡Cáspita!, dijo, ¡qué calor debe hacer ahí dentro!

—Sin olvidar —replicó Nicholl— que el día dura trescientas sesenta horas.

—A modo de compensación —dijo Barbicane—, las noches allí tienen la misma duración, y como el calor se desprende por radiación, su temperatura debe ser sólo la de los espacios planetarios.

—¡Un bonito país! —dijo Michel. ¡No importa! ¡Me gustaría estar ya allí! ¡Eh! mis queridos camaradas, ¿será bastante curioso tener la Tierra por Luna, verla salir en el horizonte, reconocer la configuración de sus continentes, decirse: ahí está América, ahí está Europa; y luego seguirla cuando se va a perder en los rayos del Sol? Por cierto, Barbicane, ¿hay eclipses para los selenitas?

—Sí, eclipses de Sol —respondió Barbicane—, cuando los centros de las tres estrellas están en la misma línea, con la Tierra en medio. Pero sólo se trata de eclipses anulares, durante los cuales la Tierra, proyectada como una pantalla sobre el disco solar, deja ver la mayor parte del mismo.

—¿Y por qué, preguntó Nicholl, no hay eclipse total? ¿El cono de sombra que proyecta la Tierra no se extiende más allá de la Luna?

—Sí, si no se tiene en cuenta la refracción producida por la atmósfera terrestre. No, si tenemos en cuenta esta refracción. Así, sea *delta el primo* de la pareja horizontal, y p el primo del semidiámetro aparente…

—¡Puff! —dijo Michel—, otra vez el medio de v cero cuadrado… ¡Habla claro, hombre algebraico!

—Pues bien, en lenguaje corriente —respondió Barbicane—, siendo la distancia media de la Luna a la Tierra de sesenta rayos terrestres, la longitud del cono de sombra, a consecuencia de la refracción, se reduce a menos de cuarenta y dos rayos. Se deduce, por tanto, que durante los eclipses la Luna está más allá del cono de sombra pura, y que el Sol le envía no sólo los rayos de sus bordes, sino también los de su centro.

—Entonces —dijo Miguel burlonamente—, ¿por qué hay un eclipse, si no debería haberlo?

—Sólo porque estos rayos solares se debilitan por esta refracción, y la atmósfera que atraviesan extingue la mayor parte de ellos.

—Esa razón me satisface —respondió Miguel—. Además, ya veremos cuando lleguemos.

—Ahora dime, Barbicane, ¿crees que la Luna es un antiguo cometa?

—¡Vaya una idea!

—Sí —respondió Miguel con amable fatuidad—, tengo algunas ideas de ese tipo.

—Pero esto no es idea de Michel —replicó Nicholl.

—¡Así que sólo soy un plagiador!

—Sin duda —respondió Nicholl—. Según el testimonio de los antiguos, los arcadios afirman que sus antepasados habitaron la Tierra antes de que la Luna se convirtiera en su satélite. Basándose en este hecho, algunos estudiosos han visto en la Luna un cometa, que su órbita acercó en su día lo suficiente a la Tierra como para ser retenido por la atracción terrestre.

—¿Y qué hay de cierto en esta hipótesis?

—Nada —respondió Barbicane—, y la prueba es que la Luna no ha conservado ningún rastro de la envoltura gaseosa que siempre acompaña a los cometas.

—Pero —dijo Nicholl—, ¿no podría la Luna, antes de convertirse en satélite de la Tierra, haber pasado lo suficientemente cerca del Sol en su perihelio como para dejar allí todas esas sustancias gaseosas por evaporación?

—Eso puede ser, amigo Nicholl, pero no es probable.

—¿Por qué?

—Porque… bueno, no lo sé.

—¡Ah, qué cientos de volúmenes —exclamó Miguel— se podrían hacer con todo lo que no se sabe!

—¿Qué hora es? —preguntó Barbicane.

—Las tres —respondió Nicholl.

—¡Cómo vuela el tiempo —dijo Miguel— en la conversación de los eruditos como nosotros! ¡Definitivamente siento que estoy aprendiendo demasiado! Siento que me estoy convirtiendo en un pozo.

Al decir esto, Michel subió al techo del proyectil, "para observar mejor la Luna", afirmó. Mientras tanto, sus compañeros miraban por la ventana inferior. No hay nada nuevo que informar.

Cuando Michel Ardan hubo descendido, se acercó a la ventanilla lateral, y de repente soltó una exclamación de sorpresa.

—¿Qué es?, preguntó Barbicane.

El presidente se acercó al cristal y vio una especie de bolsa aplastada que flotaba en el exterior a pocos metros del proyectil. Este objeto parecía estar inmóvil como la pelota, y por tanto tenía el mismo movimiento ascendente que ésta.

—¿Qué es esa máquina?, repitió Michel Ardan. ¿Es uno de los corpúsculos del espacio, que nuestro proyectil mantiene dentro de su radio de atracción, y que lo acompañará hasta la Luna?

—Lo que me asombra —replicó Nicholl— es que el peso específico de este cuerpo, ciertamente inferior al del proyectil, le permita mantenerse tan rigurosamente a su nivel.

—Nicholl —respondió Barbicane tras un momento de reflexión—, no sé qué es ese objeto, pero sé perfectamente por qué se sostiene al lado del proyectil.

—¿Y por qué?

—Porque estamos flotando en el vacío, mi querido capitán, y en el vacío los cuerpos caen o se mueven —que es lo mismo— con igual velocidad, sea cual sea su peso o forma. Es el aire el que, por su resistencia, crea diferencias de peso. Cuando se evacua neumáticamente un tubo, los objetos que se arrojan en él, granos de polvo o granos de plomo, caen con la misma rapidez. Aquí, en el espacio, la misma causa y efecto.

—Muy bien —dijo Nicholl—, y lo que arrojemos del proyectil seguirá acompañándolo en su viaje a la Luna.

—¡Oh, qué estúpidos somos!, gritó Michel.

—¿Por qué esta calificación? —preguntó Barbicane.

—Porque habríamos tenido que llenar el proyectil de objetos útiles, libros, instrumentos, herramientas, etc. ¡Habríamos tirado todo, y "todo" nos habría seguido! Lo habríamos tirado todo, ¡y "todo" nos habría seguido a remolque! Pero lo pienso. ¿Por qué no andamos por ahí como esa bala? ¿Por qué no nos lanzamos al espacio por la ventana? ¡Qué placer sería sentirnos suspendidos en el éter, más favorecidos que el pájaro que siempre debe batir sus alas para sostenerse!

—Bien —dijo Barbicane—, pero ¿cómo se respira?

—¡Aire maldito que falla tanto en el momento justo!

—Pero, si no faltara, Michel, siendo tu densidad inferior a la del proyectil, te quedarías rápidamente atrás.

—Así que es un círculo vicioso.

—Todo lo más vicioso que quieras.

—¿Y tienes que quedarte atrapado en el vagón?

—Tiene que serlo.

—¡Ah! —exclamó Miguel con una voz formidable.

—¿Qué pasa? —preguntó Nicholl.

Lo sé, ¡puedo adivinar qué es ese supuesto bólido! ¡No es un asteroide lo que viene con nosotros! No es un trozo de planeta.

—¿Qué es? —preguntó Barbicane.

—¡Ese es nuestro desafortunado perro! ¡Es el marido de Diana!

En efecto, ese objeto deforme e irreconocible, reducido a la nada, era el cadáver de Satélite, aplastado como una gaita desinflada, ¡y que seguía subiendo y subiendo!

CAPÍTULO VII

Un momento de embriaguez

Así, en estas condiciones singulares se produjo un fenómeno curioso, pero lógico, extraño, pero explicable. Cualquier objeto lanzado fuera del proyectil debía seguir la misma trayectoria y detenerse sólo con él. Allí hubo pues un motivo de conversación que la noche no pudo agotar. La emoción de los tres viajeros aumentaba, además, a medida que se acercaba el final de su viaje. Esperaban lo inesperado, los nuevos fenómenos, y nada les habría sorprendido en el estado de ánimo en que se encontraban. Su imaginación sobreexcitada iba por delante de este proyectil, cuya velocidad disminuía notablemente sin que pudieran sentirlo. Pero la Luna crecía ante sus ojos, y ya creían que todo lo que tenían que hacer para agarrarla era extender sus manos.

Al día siguiente, 5 de diciembre, a las cinco de la mañana, los tres estaban de pie. Ese día iba a ser el último de su viaje, si los cálculos eran correctos. Esa noche, a medianoche, dieciocho horas después, en el momento preciso de la Luna Llena, alcanzarían su disco brillante. La siguiente medianoche vería el final de este viaje, el más extraordinario de los tiempos antiguos y modernos. Así que por la mañana, a través de las ventanas plateadas por sus rayos, saludaron a la estrella de la noche con un hurra confiado y alegre.

La Luna avanzaba majestuosamente sobre el firmamento estrellado. Unos pocos grados más y alcanzaría el punto preciso en el espacio donde se encontraría con el proyectil. Por sus propias observaciones, Barbicane calculó que aterrizaría en el hemisferio norte, donde hay inmensas llanuras y pocas montañas. Una circunstancia favorable, si la atmósfera lunar, como se pensaba, se almacenaba sólo en las profundidades.

—Además —observó Michel Ardan—, una llanura es un lugar de aterrizaje más apropiado que una montaña. Un selenita que se depositara en Europa en la cima del Mont Blanc, o en Asia en la cima del Himalaya, ¡no habría llegado precisamente!

—Además —añadió el capitán Nicholl—, en un terreno llano el proyectil permanecerá inmóvil en cuanto lo alcance. En una ladera, por el contrario, rodaría como una avalancha, y al no ser ardillas, no saldríamos a salvo. Así que todo va viento en popa.

De hecho, el éxito del audaz intento ya no parecía dudoso. Sin embargo, un pensamiento preocupaba a Barbicane; pero, para no preocupar a sus dos compañeros, guardó silencio al respecto.

En efecto, la dirección del proyectil hacia el hemisferio norte de la Luna demostró que su trayectoria se había modificado ligeramente. El disparo, calculado matemáticamente, debería haber llevado al proyectil al centro mismo del disco lunar. Si no lo hace, entonces ha habido una desviación. ¿Qué lo ha provocado? Barbicane no podía imaginarlo, ni determinar el alcance de la desviación, porque no tenía puntos de referencia. Sin embargo, esperaba que no tuviera otro resultado que el de llevarle hacia el borde superior de la Luna, una región más favorable para el aterrizaje.

Barbicane se contentó entonces, sin comunicar sus preocupaciones a sus amigos, con observar frecuentemente la Luna, tratando de ver si la dirección del proyectil no cambiaba. Porque la situación habría sido terrible si el proyectil, al perder su objetivo y ser llevado más allá del disco, hubiera salido disparado hacia el espacio interplanetario.

En ese momento la Luna, en lugar de aparecer plana como un disco, ya mostraba su convexidad. Si el Sol hubiera incidido oblicuamente con sus rayos, la sombra proyectada habría hecho resaltar claramente las altas montañas. La mirada podría haberse hundido en el abismo de los cráteres, y seguir los surcos caprichosos que zigzaguean la inmensidad de las llanuras. Pero todo el relieve seguía nivelado en un intenso resplandor. Apenas se podían distinguir esas grandes manchas que dan a la Luna la apariencia de una figura humana.

—Figura humana, puede, dijo Michel Ardan, pero, ¡lo siento por la amable hermana de Apolo, cara llena de hoyos de viruela!

Sin embargo, los viajeros, tan cerca de su objetivo, no dejaron de observar este nuevo mundo. Su imaginación les llevó por estas tierras desconocidas. Subieron a las altas cumbres. Descendieron hasta el fondo de los amplios circos. Aquí y allá creyeron ver vastos mares apenas contenidos bajo una atmósfera enrarecida, y ríos que vertían el tributo de las montañas. Inclinados sobre el abismo, esperaban captar los sonidos de esta estrella, eternamente silenciosa en las soledades del vacío.

Este último día les dejó recuerdos emocionantes. Anotaron todos los detalles. Una vaga ansiedad se apoderó de ellos a medida que se acercaban al final. Esta ansiedad habría sido aún mayor si hubieran sentido lo pobre de su velocidad. Habría parecido insuficiente para llevarlos a la meta. En ese momento el proyectil apenas "pesaba". Su peso disminuía constantemente, y debía desaparecer por completo en esta línea donde las atracciones lunares y terrestres, neutralizándose mutuamente, causarían efectos tan sorprendentes.

Sin embargo, a pesar de sus preocupaciones, Michel Ardan no olvidó preparar la comida de la mañana con su habitual puntualidad. Comieron con mucho apetito. No había nada tan excelente como el caldo licuado por el calor del gas. Nada mejor que la carne en conserva. Unas cuantas copas de buen vino francés coronaron la comida. Y a este respecto, Michel Ardan observó que los viñedos lunares, calentados por este sol ardiente, debían destilar los vinos más generosos, si es que existían. En cualquier caso, el previsor francés no había olvidado en su paquete algunas preciosas cepas del Medoc y de la Côte d'Or, con las que contaba especialmente para aclimatar en la Luna.

El aparato de Reiset y Regnault seguía funcionando con extrema precisión. El aire se mantenía en un estado de perfecta pureza. Ni una sola molécula de ácido carbónico resistió a la potasa, y en cuanto al oxígeno, dijo el capitán Nicholl, "era ciertamente de la mejor calidad". El poco vapor de agua que contenía el proyectil se mezclaba con este aire y atenuaba su sequedad, y muchos pisos de París, Londres o Nueva York, muchos teatros no están ciertamente en esas condiciones higiénicas.

Pero, para funcionar con regularidad, este aparato debía mantenerse en perfecto estado. Así, cada mañana, Michel visitaba los reguladores de caudal, probaba los grifos y ajustaba el calor del gas con el pirómetro. Todo funcionó bien hasta entonces, y los viajeros, imitando al digno J.-T. Maston, empezaban a coger un peso que los habría hecho irreconocibles, si su encarcelamiento se hubiera prolongado durante algunos meses. Se comportaban, en una palabra, como pollos enjaulados: engordaban.

Mirando a través de los ojos de buey, Barbicane vio el espectro del perro y los diversos objetos arrojados por el proyectil que los acompañaban obstinadamente. Diana aulló con nostalgia al ver los restos de Satélite. Estos restos parecían tan inmóviles como si hubieran descansado en tierra firme.

—¿Sabéis, amigos míos —dijo Michel Ardan—, que si uno de nosotros hubiera sucumbido a las secuelas de la partida, nos habría dado mucha pena enterrarlo, ¡qué digo!, "eterarlo", ya que aquí el éter sustituye a la tierra! ¿Ves ese cadáver acusador que nos habría seguido al espacio como un remordimiento?

—Hubiera sido triste, dice Nicholl.

—¡Ah! —dijo Miguel—, lo que lamento es no poder dar un paseo al aire libre. ¡Qué placer es flotar en medio de este éter radiante, bañarse, revolcarse en estos puros rayos de sol! Si a Barbicane se le hubiera ocurrido dotarse de un aparato de buceo y de una bomba de aire, me habría aventurado a salir al exterior y a adoptar las actitudes de una quimera y de un hipogrifo sobre el proyectil.

—Bueno, mi viejo Michel —respondió Barbicane—, no habrías sido un hipogrifo por mucho tiempo, pues, a pesar de tu escafandra, inflada por la expansión del aire que contenías, habrías estallado como un proyectil, o más bien como un globo que se eleva demasiado en el aire. Así que no te arrepientas de nada, y no olvides esto: mientras estemos flotando en el vacío, debe estar prohibido cualquier paseo sentimental fuera del proyectil.

Michel Ardan se dejó convencer hasta cierto punto. Estuvo de acuerdo en que la cosa era difícil, pero no "imposible", palabra que nunca utilizó.

La conversación pasó de este tema a otro, y no se detuvo ni un momento. A los tres amigos les pareció que en estas condiciones las ideas brotaban en sus cerebros como crecen las hojas con los primeros calores de la primavera. Se sentían llenos de ideas.

En medio de todas las preguntas y respuestas que se cruzaron esa mañana, Nicholl hizo una pregunta que no encontró una solución inmediata.

—Está muy bien ir a la luna, pero ¿cómo vamos a volver?

Sus dos interlocutores se miraron sorprendidos. Era como si esa dificultad se formulara por primera vez ante ellos.

—¿Qué quieres decir con eso, Nicholl? —preguntó Barbicane con gravedad.

—Pedir el regreso de un país —añadió Michel— cuando aún no se ha llegado a él, me parece inapropiado.

—No lo digo para echarme atrás —replicó Nicholl—, sino que repito mi pregunta, y pregunto: ¿Cómo vamos a volver?

—No lo sé —respondió Barbicane.

—Y yo —dijo Miguel—, si hubiera sabido cómo volver, no habría ido.

—Aquí tienes tu respuesta —gritó Nicholl.

JULIO VERNE

—Estoy de acuerdo con las palabras de Michel —dijo Barbicane—, y añado que la cuestión no tiene ningún interés en este momento. Más adelante, cuando creamos oportuno volver, lo decidiremos. Si el Columbiad ya no está, el proyectil seguirá estando ahí.

—¡Buen negocio! ¡Una bala sin rifle!

—El rifle —respondió Barbicane— puede hacerse. ¡La pólvora se puede fabricar! Ni los metales, ni el salitre, ni el carbón deben faltar en las entrañas de la Luna. Además, para volver, sólo hay que vencer la atracción lunar, y basta con recorrer ocho mil leguas para caer de nuevo en el globo terrestre en virtud de las leyes de la gravedad.

—Suficiente —dijo Michel, volviéndose más animado—. ¡Que no se hable más de un regreso! Ya hemos hablado demasiado de ello. En cuanto a la comunicación con nuestros antiguos colegas de la Tierra, no será difícil.

—¿Y cómo?

—Por medio de bólidos lanzados por volcanes lunares.

—Bien hecho, Michel —contestó Barbicane en tono convencido—. Laplace calculó que una fuerza cinco veces superior a la de nuestros cañones sería suficiente para enviar un bólido desde la Luna a la Tierra. Además, cualquier volcán tiene un mayor poder de propulsión.

—¡Hurra!, gritó Michel. Aquí hay unos carteros convenientes, estos bólidos, ¡y no costarán nada! ¡Y cómo nos reiremos de la administración postal! Pero, se me ocurre una cosa...

—¿Qué cosa?

—¡Una gran idea! ¿Por qué no colgamos un cable de nuestro proyectil? ¡Habríamos intercambiado telegramas con la Tierra!

—¡Mil demonios! —replicó Nicholl. ¿Y el peso de un hilo de ochenta y seis mil leguas de largo no cuenta para nada?

—¡Para nada! ¡Habríamos triplicado la carga del Columbiad! Lo habríamos cuadruplicado, quintuplicado, gritó Michel, cuyas palabras adquirían un tono cada vez más violento.

80

—Sólo hay una pequeña objeción que hacer a su proyecto —replicó Barbicane—, y es que durante la rotación del globo, nuestro hilo se habría enrollado en él como una cadena en un cabrestante, y que nos habría devuelto inevitablemente a la Tierra.

—¡Por las treinta y nueve estrellas de la Unión! —dijo Michel—, hoy sólo tengo ideas impracticables, ideas dignas de J.-T. Maston. Pero, lo creo, si no volvemos a la Tierra, J.-T. Maston es capaz de venir a buscarnos.

—Sí, vendrá —respondió Barbicane—, es un camarada digno y valiente. Además, ¿qué puede ser más fácil? ¿Acaso el Columbiad no sigue cavando en el suelo de la Florida? ¿Falta algodón y ácido azoico para hacer piroxilo? ¿No volverá a pasar la Luna por el cenit de Florida, y dentro de dieciocho años no ocupará exactamente el mismo lugar que hoy?

—Sí —repitió Michel—, sí, Maston vendrá, y con él nuestros amigos Elphiston, Blomsberry, todos los miembros del Gun-Club, ¡y serán bien recibidos! Y más adelante, ¡estableceremos trenes de proyectiles entre la Tierra y la Luna! Viva J.-T. ¡Maston!

Es probable que si el honorable Maston no escuchó los gritos en su honor, al menos le pitaban los oídos. ¿Qué hacía entonces? Sin duda, apostado en las Montañas Rocosas, en la estación de Long's Peak, intentaba descubrir el proyectil invisible que orbitaba en el espacio. Si pensaba en sus queridos compañeros, hay que admitir que no fueron superados por él, y que, bajo la influencia de una singular exaltación, le dedicaron sus mejores pensamientos.

Pero, ¿cuál era el origen de esta animación visiblemente creciente entre los ocupantes del proyectil? No se podía dudar de su sobriedad. ¿Este extraño cretinismo del cerebro debía atribuirse a las circunstancias excepcionales en las que se encontraban, a la proximidad del astro nocturno del que estaban separados sólo unas horas, a alguna influencia secreta de la Luna que actuaba sobre el sistema nervioso? Sus rostros se enrojecían como si hubieran sido expuestos a la reverberación de un horno; su respiración se volvía activa y sus pulmones resonaban como un fuelle de fragua; sus ojos brillaban con una llama extraordinaria; sus voces detonaban con acentos formidables; sus palabras se escapaban como un corcho de champán expulsado por el ácido carbónico; sus gestos se volvían inquietantes, por lo que se necesitaba mucho espacio para desarrollarlos. Y, sorprendentemente, no eran conscientes de esta excesiva tensión de sus mentes.

—Ahora, dijo Nicholl brevemente, ahora que no sé si vamos a volver de la luna, quiero saber qué vamos a hacer allí.

—¿Qué vamos a hacer allí? —respondió Barbicane, dando un pisotón como si estuviera en una armería—, ¡no lo sé!

—¡Eso no lo sabes! —gritó Miguel con un aullido que hizo resonar el proyectil.

—¡No, ni siquiera lo sospecho! —respondió Barbicane, dándole la razón a su interlocutor.

—Bueno, ya lo sé —respondió Michel.

—Habla, pues —gritó Nicholl, que ya no podía contener el estruendo de su voz.

—Hablaré si me conviene —gritó Michel, agarrando con violencia el brazo de su compañero.

—Debe convenirte —dijo Barbicane, con el ojo encendido y la mano amenazante—. Fuiste tú quien nos guió en este formidable viaje, ¡y queremos saber por qué!

—¡Sí! —dijo el capitán—, ahora que no sé a dónde voy, quiero saber por qué voy.

—¿Por qué? —exclamó Miguel, dando un salto de un metro de altura—, ¿por qué? ¡Para tomar posesión de la Luna en nombre de los Estados Unidos! Para añadir un cuadragésimo estado a la Unión. ¡Colonizar las regiones lunares, cultivarlas, poblarlas, transportar allí todos los prodigios del arte, la ciencia y la industria! Civilizar a los selenitas, a menos que sean más civilizados que nosotros, y constituirlos en una república, si no lo son ya.

—¡Y si no hay selenitas! —replicó Nicholl, que bajo la influencia de esta inexplicable embriaguez se estaba molestando mucho.

—¿Quién dice que no hay selenitas?

—¡Yo! —gritó Nicholl.

—Capitán —dijo Miguel—, no repita esa insolencia o se la haré tragar entre los dientes.

Los dos adversarios estaban a punto de abalanzarse el uno sobre el otro, y esta incoherente discusión amenazaba con degenerar en una batalla, cuando Barbicane intervino con un tremendo salto.

—Basta, desgraciados —dijo, poniendo a sus dos compañeros de espaldas—, si no hay selenitas, ¡nosotros prescindimos de ellos!

—Sí —exclamó Michel, que no lo quería de otra manera—, prescindiremos de ellos. ¡No nos sirven los selenitas! ¡Abajo los selenitas!

—El imperio de la Luna es nuestro —dice Nicholl.

—¡Que los tres constituyamos la república!

—Seré el congreso —gritó Michel.

—Y yo el senado —replicó Nicholl.

—Y Barbicane el presidente —gritó Michel.

—¡Ningún presidente nombrado por la nación! —respondió Barbicane.

—Bueno, un presidente nombrado por el congreso —exclamó Michel—, y como yo soy el congreso, ¡te nombro por unanimidad!

—¡Hurra! ¡Hurra! ¡Hurra por el presidente Barbicane!

—¡Hip! ¡Hip! ¡Hip! —gritó Michel Ardan.

A continuación, el presidente y el senado cantaron el popular *Yankee Doodle* con una voz terrible, mientras el congreso entonaba los acentos masculinos de la *Marsellesa*.

Entonces comenzó una ronda frenética con gestos insensatos, pisotones de tontos, volteretas de payasos deshuesados. Diana, uniéndose a este baile, ladrando a su vez, saltó hasta la bóveda del proyectil. Se oyó un inexplicable batir de alas y el extraño sonido de los cantos de los gallos. Cinco o seis gallinas volaron, golpeando contra las paredes como murciélagos locos...

Entonces los tres compañeros de viaje, con los pulmones desorganizados bajo una influencia incomprensible, más que borrachos, quemados por el aire que incendiaba su aparato respiratorio, cayeron sin movimiento al fondo del proyectil.

CAPÍTULO VIII

Setenta y ocho mil ciento catorce leguas de distancia

¿Qué ha pasado? ¿Cuál fue la causa de esta singular intoxicación, cuyas consecuencias podrían ser desastrosas? Un simple descuido de Michel, que afortunadamente Nicholl pudo remediar a tiempo.

Tras un auténtico desmayo que duró unos minutos, el capitán, siendo el primero en volver a la vida, recuperó sus facultades intelectuales.

Aunque había desayunado dos horas antes, sentía un hambre atroz que le atenazaba como si llevara varios días sin comer. Todo en él, estómago y cerebro, estaba sobreexcitado al máximo.

Así que se levantó y le pidió a Michel un bocadillo extra. Michel, desolado, no respondió. Nicholl quiso entonces preparar unas tazas de té para facilitar la absorción de una docena de sándwiches. Primero fue a buscar el mechero y encendió rápidamente una cerilla.

Qué sorpresa fue ver que el azufre brillaba con un resplandor extraordinario y casi insoportable. Del mechero salió una llama comparable a los chorros de la luz eléctrica.

Una revelación invadió la mente de Nicholl. La intensidad de la luz, las perturbaciones fisiológicas que habían surgido en él, la sobreexcitación de todas sus facultades morales y pasionales, lo comprendió todo.

—¡Oxígeno!, gritó.

E inclinándose sobre el aparato de aire, vio que el grifo dejaba salir un chorro completo de este gas incoloro, insípido e inodoro, eminentemente vital, pero que, en su estado puro, produce los más graves trastornos en el organismo. Por despiste, Michel había abierto el grifo del aparato de par en par.

Nicholl se apresuró a detener el flujo de oxígeno, que estaba saturado en la atmósfera, y que habría provocado la muerte de los viajeros, no por asfixia, sino por combustión.

Una hora más tarde el aire estaba menos cargado y los pulmones volvieron a su juego normal. Poco a poco los tres amigos volvieron de su borrachera; pero tuvieron que dormir la borrachera de su oxígeno, como un borracho duerme la de su vino.

Cuando Michel se enteró de su responsabilidad en este incidente, no mostró su arrepentimiento. Esta inesperada embriaguez rompió la monotonía del viaje. Se habían dicho muchas tonterías bajo su influencia, pero se olvidaron tan rápido como se dijeron.

—Además —añadió el alegre francés— no me enfado por haber probado un poco de este gas embriagador. ¿Sabéis, amigos míos, que habría que fundar un curioso establecimiento, con cabinas de oxígeno, donde las personas cuyo organismo esté debilitado pudieran, durante unas horas, llevar una vida más activa? Supongamos reuniones en las que el aire estuviera saturado de este fluido heroico, teatros en los que la administración lo mantuviera en altas dosis, ¡qué pasión en el alma de los actores y espectadores, qué fuego, qué entusiasmo! Y si, en lugar de una simple asamblea, se pudiera saturar a todo un pueblo con ella, ¡qué actividad en sus funciones, qué vida adicional recibiría! De una nación agotada se haría quizá una nación grande y fuerte de nuevo, y conozco más de un Estado de nuestra vieja Europa que debería volver a ponerse a dieta de oxígeno, en interés de su salud.

Michel hablaba y se animaba, para hacer creer que el grifo seguía todavía abierto. Pero, con una frase, Barbicane detuvo su entusiasmo.

Todo eso está muy bien, amigo Michel —dijo—, pero ¿podrías decirnos de dónde vienen estos pollos y dónde se han mezclado en nuestro concierto?

—¿Estas gallinas?

—Sí.

En efecto, media docena de gallinas y un hermoso gallo se paseaban por allí, revoloteando y cacareando.

—¡Ah, torpes! gritó Michel. ¡Es el oxígeno el que los ha puesto en marcha en una revolución!

—¿Pero qué quieres hacer con estos pollos? —preguntó Barbicane.

—Aclimátalos en la Luna, ¡caramba!

—Entonces, ¿por qué los escondiste?

—¡Una broma, mi digno presidente, una simple broma que ha fracaso lastimosamente! ¡Quería soltarlos en el continente lunar sin decíroslo! ¡Cuál habría sido vuestro asombro al ver a estòs pájaros terrestres picoteando en los campos de la Luna!

—¡Ah, muchacho, eterno muchacho! —replicó Barbicane—, ¡no necesitas oxígeno para que te dé vueltas la cabeza! ¡Sigues siendo lo que éramos bajo la influencia de ese gas! ¡Todavía estás loco!

—¿Quién dice que no fuimos sabios entonces? —respondió Michel Ardan.

Después de esta reflexión filosófica, los tres amigos repararon el desorden del proyectil. Las gallinas y el gallo fueron devueltos a su jaula. Pero, mientras realizaban esta operación, Barbicane y sus dos compañeros tuvieron una sensación muy marcada de un nuevo fenómeno.

Desde el momento en que habían abandonado la tierra, su propio peso, el del proyectil y el de los objetos que contenía, habían sufrido una disminución progresiva. Si no podían ver esta pérdida en el proyectil, debía llegar un momento en que este efecto se notara en ellos mismos y en los utensilios o instrumentos que utilizaban.

Ni que decir tiene que una balanza no habría indicado esta pérdida, porque el aparato destinado a pesar el objeto habría perdido precisamente tanto como el propio objeto; pero una balanza de muelle, por ejemplo, cuya tensión es independiente de la atracción, habría dado la medida exacta de esta pérdida.

Se sabe que la atracción, es decir, la gravedad, es proporcional a las masas y en proporción inversa al cuadrado de las distancias. De ahí esta consecuencia: si la Tierra hubiera estado sola en el espacio, si los demás cuerpos celestes se hubieran aniquilado repentinamente, el proyectil, según la ley de Newton, habría pesado menos cuanto más lejos estuviera de la Tierra, pero sin perder nunca su peso por completo, porque la atracción terrestre se habría sentido siempre a cualquier distancia.

Pero en el caso que nos ocupa, tenía que llegar un momento en el que el proyectil dejara de estar sometido a las leyes de la gravedad, sin tener en cuenta los demás cuerpos celestes cuyo efecto podía considerarse nulo.

Se trazó la trayectoria del proyectil entre la Tierra y la Luna. A medida que se alejaba de la Tierra, la atracción de ésta disminuía en proporción inversa al cuadrado de la distancia, pero la atracción de la Luna también aumentaba en la misma proporción. Por lo tanto, debe haber habido un punto en el que estas dos atracciones se neutralizaran y el proyectil dejaría de pesar. Si las masas de la Luna y de la Tierra hubieran sido iguales, este punto se habría encontrado a igual distancia de las dos estrellas. Pero, teniendo en cuenta la diferencia de masas, era fácil calcular que este punto estaría situado a setenta y ocho mil ciento catorce leguas de la Tierra.

En este punto, un cuerpo que no tuviera ningún principio de velocidad o desplazamiento en él, permanecería eternamente inmóvil, siendo igualmente atraído por ambos astros, y sin que nada lo solicitara hacia uno y no hacia el otro.

Ahora bien, el proyectil, si la fuerza de impulso hubiera sido calculada exactamente, el proyectil debería haber llegado a este punto con velocidad cero, habiendo perdido todo indicio de gravedad, como todos los objetos que llevaba en su interior.

¿Qué pasaría entonces? Había tres posibilidades.

O bien el proyectil habría conservado una cierta velocidad y, al pasar por el punto de igual atracción, caería sobre la Luna en virtud del exceso de la atracción lunar sobre la terrestre.

O bien carecería de la velocidad necesaria para alcanzar el punto de igual atracción, y volvería a caer a la Tierra en virtud del exceso de atracción de la Tierra sobre la de la Luna.

O, finalmente, animado por una velocidad suficiente para alcanzar el punto neutro, pero insuficiente para pasarlo, quedaría eternamente suspendido en ese lugar, como la llamada tumba de Mahoma, entre el cenit y el nadir.

Tal era la situación, y Barbicane explicó claramente las consecuencias a sus compañeros de viaje. Esto era lo que más les interesaba. Ahora bien, ¿cómo reconocerían que el proyectil había llegado a este punto neutro situado a setenta y ocho mil ciento catorce leguas de la Tierra?

Precisamente cuando ni ellos ni los objetos encerrados en el proyectil estarían sujetos a las leyes de la gravedad.

Hasta ahora, los viajeros, si bien notaron que esta acción disminuía, aún no habían reconocido su ausencia total. Pero ese día, a eso de las once de la mañana, Nicholl dejó caer un vaso de su mano, y en lugar de caer, el vaso quedó colgando en el aire.

—¡Ah!, gritó Michel Ardan, ¡aquí hay un poco de física divertida!

E inmediatamente, varios objetos, armas, botellas, abandonados a su suerte, se pusieron en pie como por milagro. También Diana, colocada por Michel en el espacio, reproducía, pero sin ningún truco, la maravillosa suspensión operada por los Caston y los Robert-Houdin. La perra, además, no parecía darse cuenta de que estaba flotando en el aire.

Ellos mismos, sorprendidos y asombrados, a pesar de su razonamiento científico, sintieron, estos tres compañeros de aventura llevados al reino de lo maravilloso, sintieron que sus cuerpos carecían de gravedad. Sus brazos, que extendían, ya no intentaban bajar. Sus cabezas se tambaleaban sobre sus hombros. Sus pies ya no se aferran a la parte inferior del proyectil. Eran como personas ebrias que carecían de estabilidad. La fantasía ha creado hombres privados de sus reflejos, ¡otros privados de su sombra! Pero aquí la realidad, a través de la neutralidad de las fuerzas atractivas, hizo hombres en los que nada pesaba ya, y que no se pesaban a sí mismos.

De repente, Michel, tomando cierto impulso, abandonó el fondo y se quedó suspendido en el aire como el monje de la *Cocina de los Ángeles* de Murillo.

Sus dos amigos se habían unido a él en un instante, y los tres, en el centro del proyectil, estaban realizando un ascenso milagroso.

—¿Es creíble? ¿Es probable? ¿Es posible?, gritó Michel. No. ¡Y sin embargo lo es! ¡Ah, si Rafael nos hubiera visto así!, ¡qué "Ascensión" habría lanzado en su lienzo!

—La ascensión no puede durar —respondió Barbicane—. Si el proyectil pasa por el punto neutro, la atracción lunar nos atraerá hacia la Luna.

—Nuestros pies se apoyarán entonces en el arco del proyectil —respondió Michel.

—No —dijo Barbicane—, porque el proyectil, cuyo centro de gravedad es muy bajo, se volcará gradualmente.

—Así que toda nuestra disposición se pondrá patas arriba, ¡eso es lo que se dice!

—No te preocupes, Michel —respondió Nicholl—. No hay que temer ningún trastorno. No se moverá ni un solo objeto, porque el proyectil sólo evolucionará insensiblemente.

—Sin duda —dijo Barbicane—, y cuando haya pasado el punto de igual atracción, su base relativamente más pesada la arrastrará a lo largo de una perpendicular a la Luna. Pero, para que se produzca este fenómeno, debemos haber pasado la línea neutral.

—¡Cruza la línea neutral! —gritó Michel. Así que hagamos como los marineros cuando cruzan el Ecuador. Vamos a regar nuestro paso.

Un ligero movimiento lateral llevó a Michel de vuelta a la pared acolchada. Allí, tomó una botella y vasos, los colocó "en el espacio", frente a sus compañeros, y, brindando alegremente, saludaron a la fila con un triple hurra.

Esta influencia de las atracciones duró apenas una hora. Los viajeros se sintieron arrastrados hacia el fondo, y Barbicane creyó notar que el extremo cónico del proyectil se desviaba un poco de lo normal en dirección a la Luna. Por un movimiento contrario, la base se acercaba a ella. Por tanto, la atracción lunar prevalecía sobre la terrestre. Comenzó la caída hacia la Luna, casi imperceptible todavía; sólo debía ser un tercio de milímetro en el primer segundo, o sea quinientas noventa milésimas de línea. Pero poco a poco la fuerza de atracción aumentaría, la caída sería más acentuada, el proyectil, arrastrado por la base, presentaría su cono superior a la Tierra y caería con velocidad creciente a la superficie del continente selenita. De este modo, se alcanzaría el objetivo. Ahora nada podía impedir el éxito de la empresa, y Nicholl y Michel Ardan compartían la alegría de Barbicane.

Entonces hablaron de todos estos fenómenos que les asombraban uno tras otro. Esta neutralización de las leyes de la gravedad en especial, no podían dejar de hablar al respecto. Michel Ardan, siempre entusiasta, quiso sacar consecuencias que eran pura fantasía.

—Ah, mis dignos amigos —exclamó—, ¡qué progreso si uno pudiera librarse así, en la Tierra, de esta pesadez, de esta cadena que lo ata a ella! ¡El prisionero estaría libre! No más fatiga, ni de los brazos ni de las piernas. Y si es cierto que para volar sobre la superficie de la Tierra, para sostenerse en el aire por el simple juego de los músculos, se necesita una fuerza ciento cincuenta veces superior a la que poseemos, un simple acto de voluntad, un capricho nos transportaría al espacio, si no existiera la atracción.

—De hecho —se rió Nicholl—, si pudiéramos eliminar la gravedad como eliminamos el dolor con la anestesia, ¡cambiaría la cara de la sociedad moderna!

—Sí —exclamó Miguel, lleno de su tema—, ¡destruyamos la gravedad, y no más cargas! Por lo tanto, ¡se acabaron las grúas, los gatos, los cabrestantes, las manivelas y otros dispositivos que no tendrían razón de ser!

—Bien dicho —replicó Barbicane—, pero si nada pesara más, nada se sostendría, ¡ni tu sombrero ya más en la cabeza, digno Miguel, ni tu casa, cuyas piedras se mantienen juntas sólo por su peso! No hay barcos cuya estabilidad en el agua sea sólo consecuencia de la gravedad. Ni siquiera un océano, cuyas olas ya no se equilibran por la atracción de la tierra. Por último, no hay atmósfera, cuyas moléculas, ya no se mantienen unidas, ¡se dispersarían en el espacio!

—Eso es lamentable —replicó Michel—. No hay nada como estas personas positivas para devolverte a la realidad.

—Pero consuélate, Michel —dijo Barbicane—, porque si no existe ninguna estrella en la que las leyes de la gravedad estén desterradas, al menos vas a visitar una en la que la gravedad es mucho menor que en la Tierra.

—¿La luna?

—Sí, la Luna, en cuya superficie los objetos pesan seis veces menos que en la superficie de la Tierra, fenómeno muy fácil de constatar.

—¿Y lo descubriremos? —preguntó Michel.

—Obviamente, ya que doscientos kilos pesan sólo treinta en la superficie de la Luna.

—¿Y no disminuirá nuestra fuerza muscular?

—No, en absoluto. En lugar de elevarse un metro saltando, se elevará un metro y medio.

—¡Pero seremos Hércules en la Luna!

—Tanto más, replicó Nicholl, cuanto que si el tamaño de los selenitas es proporcional a la masa de su globo, apenas tendrán 30 centímetros de altura.

—¡Liliputienses! —replicó Michel. ¡Así que voy a hacer el papel de Gulliver! ¡Vamos a llevar a cabo la fábula de los gigantes! ¡Esa es la ventaja de salir de tu planeta y correr por el mundo solar!

—Un momento, Michel —respondió Barbicane—. Si quieres hacer de Gulliver, visita sólo los planetas inferiores, como Mercurio, Venus o Marte, cuya masa es un poco menor que la de la Tierra. Pero no te aventures en los grandes planetas, Júpiter, Saturno, Urano, Neptuno, porque allí se invertirían los papeles y te convertirías en un liliputiense.

—¿Y en el Sol?

—En el Sol, si su densidad es cuatro veces menor que la de la Tierra, su volumen es mil trescientas veinticuatro mil veces mayor, y la atracción es veintisiete veces mayor que en la superficie de nuestro globo. En definitiva, los habitantes deberían tener una media de doscientos pies de altura.

—¡Mil demonios! —gritó Michel. ¡No sería más que un pigmeo!

—Gulliver entre los gigantes, dice Nicholl.

—¡Claro! —respondió Barbicane.

—Y ¿no sería inútil llevar algo de artillería para defendernos?

—Bueno —replicó Barbicane—, tus balas de cañón no tendrían ningún efecto en el Sol, y caerían al suelo después de unos pocos metros.

—¡Esto es fuerte!

—Eso es seguro —respondió Barbicane—. La atracción es tan considerable en esta enorme estrella que un objeto de setenta kilos en la Tierra pesaría mil novecientos treinta en la superficie del Sol. Tu sombrero, ¡unos diez kilos! Tu cigarro, media libra. Por último, si te cayeras en el continente solar, tu peso sería tan grande —unos dos mil quinientos kilos— que no podrías levantarte.

—¡Diablo! —dijo Michel. ¡Entonces deberíamos tener una pequeña grúa portátil! Bueno, amigos, conformémonos con la Luna por hoy. ¡Allí, al menos, haremos un buen papel! Después veremos si hay que ir al Sol, donde no se puede beber sin un cabrestante que eleve la copa a la boca.

CAPÍTULO IX

Consecuencias de una desviación

Barbicane ya no estaba preocupado, si no por el resultado del viaje, al menos por la fuerza del impulso del proyectil. Su velocidad virtual lo estaba llevando más allá de la línea neutral. Así que no volvería a la Tierra. Así que no llegaría a descansar en el punto de atracción. Sólo quedaba una hipótesis por realizar, la llegada del proyectil a su meta bajo la acción de la atracción lunar.

En realidad, era una caída de ocho mil doscientas noventa y seis leguas, en una estrella, es cierto, donde la gravedad debe evaluarse en sólo una sexta parte de la gravedad terrestre. Una caída formidable, sin embargo, contra la que había que tomar todas las precauciones sin demora.

Estas precauciones eran de dos tipos: unas estaban destinadas a amortiguar el golpe cuando el proyectil chocara con la Luna; otras, a retrasar su caída y, en consecuencia, a hacerla menos violenta.

Fue una lástima que Barbicane ya no pudiera emplear los medios que tan útilmente habían suavizado el choque de la partida, es decir, el agua utilizada como muelle y los mamparos rompibles. Los mamparos seguían existiendo; pero faltaba el agua, pues la reserva no podía utilizarse para este fin, una reserva preciosa en caso de que, durante los primeros días, el líquido elemento faltase en el suelo lunar.

Además, esta reserva habría sido muy insuficiente para hacer de muelle. La capa de agua almacenada en el proyectil al inicio, y sobre la que descansaba el disco estanco, ocupaba no menos de tres pies de altura en una superficie de cincuenta y cuatro pies cuadrados. Medía seis metros cúbicos de volumen y cinco mil setecientos cincuenta kilogramos de peso. Pero los contenedores no contenían la quinta parte. Por lo tanto, era necesario renunciar a este poderoso medio para absorber el impacto de la llegada.

Afortunadamente, Barbicane, no contento con utilizar agua, había dotado al disco móvil de fuertes almohadillas de muelle, destinadas a atenuar el impacto contra la base tras el aplastamiento de los tabiques horizontales. Estos topes seguían en su sitio; sólo había que ajustarlos y volver a colocar el disco móvil. Todas estas piezas, fáciles de manejar, ya que su peso apenas se notaba, se podían volver a montar rápidamente.

Se hizo. Las distintas piezas encajaron sin dificultad. Era una cuestión de tuercas y tornillos. No faltaban herramientas. Pronto, el disco reformado descansó sobre sus almohadillas de acero como una mesa sobre sus patas. La colocación de este disco tenía un inconveniente. La ventana inferior estaba obstruida. Por lo tanto, era imposible que los viajeros observaran la Luna a través de esta abertura, cuando se lanzaban perpendicularmente hacia ella. Pero era necesario resignarse. Además, a través de las aberturas laterales, se podían seguir viendo las vastas regiones lunares como se ve la Tierra desde la cesta de un aerostato.

Este arreglo del disco llevó una hora de trabajo. Era más de mediodía cuando se terminaron los preparativos. Barbicane hizo nuevas observaciones sobre la inclinación del proyectil; pero para su gran disgusto, no había girado lo suficiente como para caer; parecía seguir una curva paralela al disco lunar. La estrella de la noche brillaba espléndidamente en el espacio, mientras que en el extremo opuesto del espectro la estrella del día lo incendiaba.

La situación era preocupante.

—¿Lo conseguiremos?, dijo Nicholl.

—Hagamos como si fuéramos a llegar —dijo Barbicane.

—Sois unos temblorosos —replicó Michel Ardan—. Llegaremos, y antes de lo que queremos.

Esta respuesta hizo que Barbicane volviera a su trabajo de preparación, y se puso a organizar los dispositivos para retrasar la caída.

Venía a la memoria la escena de la reunión celebrada en Tampa-Town, Florida, cuando el capitán Nicholl se hizo pasar por el enemigo de Barbicane y el opositor de Michel Ardan. Al capitán Nicholl, que sostenía que el proyectil se rompería como el cristal, Michel le había respondido que retrasaría su caída mediante cohetes convenientemente colocados.

En efecto, los dispositivos potentes, tomando su punto de apoyo en la base y fundiéndose en el exterior, podían, produciendo un movimiento de retroceso, detener en cierta proporción la velocidad del proyectil. Estos cohetes debían arder en el vacío, es cierto, pero no les faltaría oxígeno, porque se lo proporcionaban ellos mismos, como los volcanes lunares, cuya deflagración nunca fue un obstáculo por la falta de atmósfera alrededor de la Luna.

Por ello, Barbicane se había equipado con dispositivos contenidos en pequeños barriles de acero roscados, que podían enroscarse en la base del proyectil. En el interior, estos barriles estaban al ras del fondo. Externamente, sobresalían medio pie. Eran veinte. Una abertura en el disco permitía encender la mecha con la que estaba equipado cada uno. Todo el efecto se produjo en el exterior. Las mezclas de fusión habían sido forzadas en cada arma por adelantado. Por lo tanto, bastó con retirar los tapones metálicos encajados en la base, y sustituirlos por estos barriles que encajaban rigurosamente en su lugar.

Esta nueva obra estaba terminada a las tres, y con todas estas precauciones tomadas, sólo era cuestión de esperar.

Sin embargo, el proyectil se acercaba visiblemente a la Luna. Evidentemente, estaba influenciado por ella en cierta medida;

pero su propia velocidad también tiraba de ella en una línea oblicua. La resultante de estas dos influencias fue una línea que quizás se convertiría en una tangente. Pero lo cierto es que el proyectil no caía normalmente sobre la superficie de la Luna, pues su parte inferior, a causa de su peso, debería haberse vuelto hacia ella.

La preocupación de Barbicane se vio redoblada por el hecho de que el proyectil se resistía a las influencias de la gravitación. Era lo desconocido que se abría ante él, lo desconocido a través del espacio intraestelar. Él, el científico, creía haber previsto las tres hipótesis posibles, el regreso a la Tierra, el regreso a la Luna, ¡el estancamiento en la línea neutral! Y aquí había una cuarta hipótesis, cargada de todos los terrores del infinito, que surgía inesperadamente. Para considerarlo sin falta, había que ser un científico resuelto como Barbicane, un ser flemático como Nicholl o un aventurero audaz como Michel Ardan.

La conversación se centró en este tema. Otros hombres habrían considerado el asunto desde un punto de vista práctico. Se habrían preguntado a dónde les llevaba el proyectil. No lo hicieron. Buscaron la causa que debía producir este efecto.

—Así que nos hemos descarrilado, dijo Michel. ¿Pero por qué?

—Me temo —contestó Nicholl— que, a pesar de todas las precauciones tomadas, el Columbiad no apuntaba correctamente. Un error, por pequeño que sea, bastaría para echarnos de la atracción lunar.

—¿Hemos apuntado mal? —preguntó Michel.

—No lo creo —respondió Barbicane—. La perpendicularidad del cañón era rigurosa, su dirección sobre el cenit del lugar incuestionable. Ahora, con el paso de la Luna por el cenit, teníamos que alcanzarla en su totalidad. Hay otra razón, pero se me escapa.

—¿No es demasiado tarde? —preguntó Nicholl.

—¿Demasiado tarde? —dijo Barbicane.

—Sí —dijo Nicholl—. La nota del Observatorio de Cambridge dice que el viaje debe completarse en noventa y siete horas trece minutos y veinte segundos. Esto significa que antes la Luna no estaría todavía en el punto indicado, y más tarde no estaría allí.

—Muy bien —dijo Barbicane—. Pero salimos el 1 de diciembre, a las once menos trece minutos y veinticinco segundos de la noche, y debemos llegar el día 5 a medianoche, en el preciso momento en que la Luna está llena. Ahora es el 5 de diciembre. Son las tres y media de la tarde, y ocho horas y media deberían ser suficientes para llegar. ¿Por qué no llegamos allí?

—¿No sería un exceso de velocidad? —respondió Nicholl—, porque ahora sabemos que la velocidad inicial era mayor de lo que suponíamos.

—¡No! cien veces no! replicó Barbicane. Un exceso de velocidad, si la dirección del proyectil hubiera sido buena, no habría impedido llegar a la Luna. ¡No! Hubo una desviación. Nos hemos desviado.

—¿Por quién? ¿Por qué? —preguntó Nicholl.

—No puedo decirlo —respondió Barbicane.

—Bueno, Barbicane —dijo Michel—, ¿quieres saber mi opinión sobre esta cuestión de dónde viene esta desviación?

—Habla.

—¡No daría ni medio dólar por saberlo! Estamos desviados, ese es el hecho. ¡A dónde vamos, no me importa! Ya veremos. ¡Qué diablos! Como estamos siendo arrastrados por el espacio, acabaremos cayendo en algún centro de atracción.

Esta indiferencia de Michel Ardan no pudo satisfacer a Barbicane. No es que le preocupara el futuro. Pero por qué su proyectil se había desviado, eso era lo que quería saber a toda costa.

Sin embargo, el proyectil siguió moviéndose lateralmente hacia la Luna, y con ella la procesión de objetos lanzados. Barbicane pudo incluso observar, mediante puntos de referencia en la Luna, cuya distancia era inferior a dos mil leguas, que su velocidad se hacía uniforme. Una prueba más de que no habría caída. La fuerza del impulso seguía prevaleciendo sobre la atracción lunar, pero la trayectoria del proyectil lo acercaba ciertamente al disco lunar, y era de esperar que a una distancia más cercana, la acción de la gravedad predominara y provocara definitivamente una caída.

Los tres amigos, al no tener nada mejor que hacer, continuaron sus observaciones. Sin embargo, aún no pudieron determinar las disposiciones topográficas del satélite. Todos esos relieves se nivelaron bajo la proyección de los rayos solares.

Miraron por las ventanas laterales hasta las ocho de la tarde. Para entonces, la Luna había crecido tanto que oscurecía toda la mitad del cielo. El Sol por un lado, la estrella de la noche por el otro, inundaron de luz el proyectil.

En ese momento, Barbicane pensó que podía estimar la distancia hasta su objetivo en sólo setecientas leguas. La velocidad del proyectil le pareció de doscientos metros por segundo, es decir, unas ciento setenta leguas por hora. El fondo del proyectil tendía a girar hacia la Luna bajo la influencia de la fuerza centrípeta; pero al prevalecer siempre la fuerza centrífuga, resultaba probable que la trayectoria rectilínea se transformara en una curva de algún tipo cuya naturaleza no podía determinarse.

Barbicane seguía buscando la solución a su problema insoluble.

Las horas pasaron sin resultado. El proyectil se acercaba visiblemente a la Luna, pero también estaba claro que no la alcanzaría. En cuanto a la distancia más corta a la que pasaría, sería la resultante de las dos fuerzas, atractiva y repulsiva, que empujaban al móvil.

—Sólo pido una cosa, repitió Michel, ¡acercase lo suficiente a la Luna para penetrar en sus secretos!

—¡Maldita sea entonces —exclamó Nicholl— la causa que ha hecho que nuestro proyectil se desvíe!

—Maldito sea entonces —replicó Barbicane, como si su mente hubiera sido golpeada de repente—, maldito sea el bólido que pasamos en el camino.

— ¡Eh! dijo Michel Ardan.

—¿Qué quieres decir?

—Quiero decir —replicó Barbicane en tono convencido— que nuestra desviación se debe únicamente al encuentro con este cuerpo extraviado.

—Pero si ni siquiera nos ha tocado —respondió Michel.

—No importa. Su masa, comparada con la de nuestro proyectil, era enorme, y su atracción era suficiente para influir en nuestra dirección.

—¡Tan poco! —exclamó Nicholl.

—Sí, Nicholl, pero por poco que sea —replicó Barbicane—, en una distancia de ochenta y cuatro mil leguas, no haría falta mucho más para no ver la Luna.

CAPÍTULO X

Observadores de la luna

Barbicane había encontrado obviamente la única razón plausible para esta desviación. Por pequeño que fuera, había sido suficiente para alterar la trayectoria del proyectil. Fue una fatalidad. El audaz intento fue abortado por una circunstancia fortuita y, salvo que se produjeran acontecimientos excepcionales, ya no se podría alcanzar el disco lunar. ¿Sería posible acercarse lo suficiente a ella para resolver ciertas cuestiones hasta ahora insolubles de la física o la geología? Esta era la pregunta, la única que ahora preocupaba a los audaces viajeros. En cuanto al destino que les deparaba el futuro, no querían ni pensar en ello. Sin embargo, ¿qué sería de ellos en medio de estas infinitas soledades, para quienes el aire se agotaría pronto? Unos días más y estarían asfixiados en este proyectil errante. Pero unos pocos días fueron siglos para estos intrépidos hombres, y dedicaron todos sus momentos a observar esta luna que ya no esperaban alcanzar.

La distancia entre el proyectil y el satélite se estimó entonces en unas doscientas leguas. En estas condiciones, desde el punto de vista de la visibilidad de los detalles del disco, los viajeros estaban más lejos de la Luna que los habitantes de la Tierra armados con sus potentes telescopios.

Se sabe, en efecto, que el instrumento montado por John Ross en Parson-town, con un aumento de seis mil quinientas veces, acerca la Luna a dieciséis leguas; además, con la poderosa máquina establecida en Long's Peak, la estrella nocturna, aumentada cuarenta y ocho mil veces, se acercaba a dos leguas, y los objetos de diez metros de diámetro se distinguían suficientemente.

Así, a esta distancia, los detalles topográficos de la Luna, observados sin telescopio, no se determinaban de forma apreciable. El ojo captó el vasto contorno de esas inmensas depresiones impropiamente llamadas "mares", pero no pudo reconocer su naturaleza. La proyección de las montañas desapareció en la espléndida irradiación producida por el reflejo de los rayos del sol. Su mirada, deslumbrada como si se hubiera inclinado sobre un baño de plata fundida, se desvió involuntariamente.

Sin embargo, la forma oblonga de la estrella ya estaba emergiendo. Parecía un huevo gigantesco con el extremo pequeño hacia la Tierra. De hecho, la Luna, líquida o maleable en los primeros días de su formación, era una esfera perfecta; pero, pronto atraída hacia el centro de atracción de la Tierra, se alargó bajo la influencia de la gravedad. Cuando se convirtió en un satélite, perdió la pureza nativa de sus formas; su centro de gravedad se adelantó al centro de la figura, y de esta disposición algunos estudiosos sacaron la conclusión de que el aire y el agua habían podido refugiarse en esa superficie opuesta de la Luna que nunca se ve desde la Tierra.

Esta alteración de las formas primitivas del satélite sólo fue perceptible durante unos instantes. La distancia del proyectil a la Luna disminuyó muy rápidamente bajo su velocidad, que era considerablemente menor que la inicial, pero ocho o nueve veces mayor que la del expreso ferroviario. La dirección oblicua del proyectil, a causa de su oblicuidad, dejaba a Michel Ardan alguna esperanza de golpear algún punto del disco lunar. No podía creer que no tuviera éxito. No, no podía creerlo, y lo repetía a menudo. Pero Barbicane, el mejor juez, no dejó de responder con una lógica despiadada:

—No, Michel, no. Sólo podemos llegar a la Luna cayendo, y no caemos. La fuerza centrípeta nos mantiene bajo la influencia lunar, pero la fuerza centrífuga nos aleja irresistiblemente.

Lo dijo en un tono que le quitó las últimas esperanzas a Michel Ardan.

La porción de la Luna a la que se acercó el proyectil era el hemisferio norte, el que los mapas selenográficos sitúan en la parte inferior, porque estos mapas se elaboran generalmente según la imagen que proporcionan los cristales, y se sabe que los cristales invierten los objetos. Así era la *Mappa selenographica* de Beer y Moedler que consultó Barbicane. Este hemisferio norte presentaba vastas llanuras, accidentadas con montañas aisladas.

A medianoche, la luna estaba llena. En ese preciso momento, los viajeros deberían haber puesto el pie en él, si el desafortunado bólido no hubiera desviado su dirección. La Luna llegaba así en las condiciones rigurosamente determinadas por el Observatorio de Cambridge. Estaba matemáticamente en su perigeo y en el cénit del paralelo veintiocho. Un observador situado en el fondo de la enorme Columbiad, apuntando perpendicularmente al horizonte, habría encuadrado la Luna en la boca del cañón. Una línea recta, que representa el eje del cañón, habría cruzado la estrella de la noche en su centro.

Ni que decir tiene que durante la noche del 5 al 6 de diciembre, los viajeros no descansaron ni un momento. ¿Podrían haber cerrado los ojos, tan cerca de este nuevo mundo? No. Todos sus sentimientos se concentraron en un solo pensamiento: ¡Vean! Representantes de la Tierra, de la humanidad pasada y presente, que resumían en sí mismos, ¡fue a través de sus ojos que la raza humana miró estas regiones lunares y penetró en los secretos de su satélite! Una cierta emoción les atenazó el corazón y fueron en silencio de una ventana a otra.

Sus observaciones, reproducidas por Barbicane, fueron rigurosamente determinadas. Para hacerlos, tenían vasos. Para controlarlos, tenían mapas.

El primer observador de la Luna fue Galileo. Su inadecuado telescopio sólo aumentaba treinta veces. Sin embargo, fue el primero en reconocer montañas en las manchas que salpican el disco lunar, "como los ojos salpican la cola de un pavo real", y midió algunas alturas a las que atribuyó exageradamente una elevación igual a la vigésima parte del diámetro del disco, es decir, ocho mil ochocientos metros. Galileo no elaboró un mapa de sus observaciones.

Unos años más tarde, un astrónomo de Danzig, Hevelius, mediante procedimientos que sólo eran exactos dos veces al mes, en la primera y segunda cuadraturas, redujo las alturas de Galileo a sólo una vigésima parte del diámetro lunar. Una exageración inversa. Pero es a este científico a quien debemos el primer mapa de la Luna. Las manchas claras y redondeadas forman montañas circulares, y las oscuras indican vastos mares que en realidad son sólo llanuras. A estas montañas y masas de agua les dio nombres terrestres. Vemos el Sinaí en medio de Arabia, el Etna en el centro de Sicilia, los Alpes, los Apeninos, los Cárpatos, luego el Mediterráneo, el Palus-Meotides, el puente del Euxino, el mar Caspio. Además, se trata de nombres erróneos, ya que ni estas montañas ni estos mares recuerdan la configuración de sus homónimos en el globo. Difícilmente se podría reconocer en esta amplia mancha blanca, unida por el sur a continentes mayores y que termina en una punta, la imagen invertida de la península de la India, el golfo de Bengala y la Cochinchina. Por lo tanto, estos nombres no se han conservado. Otro cartógrafo, que conocía mejor el corazón humano, propuso una nueva nomenclatura que la vanidad humana se apresuró a adoptar.

Este observador era el padre Riccioli, contemporáneo de Hevelius. Elaboró un mapa tosco y con errores. Pero impuso en las montañas lunares los nombres de los grandes hombres de la Antigüedad y de los científicos de su tiempo, práctica que se ha seguido desde entonces.

Un tercer mapa de la Luna fue realizado en el siglo XVII por Dominique Cassini; superior al de Riccioli en la ejecución, es inexacto en las medidas. Se publicaron varias reediciones, pero las planchas de cobre de la impresión, conservadas durante mucho tiempo en la Imprimerie Royale, se vendieron al peso por ser un material engorroso.

La Hire, célebre matemático y dibujante, dibujó un mapa de la Luna de cuatro metros de altura que nunca se grabó.

Después de él, un astrónomo alemán, Tobie Mayer, hacia mediados del siglo XVIII, inició la publicación de un magnífico mapa selenográfico, según las medidas lunares rigurosamente verificadas por él; pero su muerte, acaecida en 1762, le impidió completar esta hermosa obra.

Después vino Schroeter de Lilienthal, que esbozó numerosos mapas de la Luna, y luego un tal Lorhmann, de Dresde, a quien debemos una lámina dividida en veinticinco secciones, de las que se han grabado cuatro.

Fue en 1830 cuando los señores Beer y Moedler compusieron su famoso *Mappa selenographica*, siguiendo una proyección ortográfica. Este mapa reproduce exactamente el disco lunar, tal como aparece; sólo las configuraciones de las montañas y las llanuras son correctas únicamente en su parte central; en todas las demás partes, al norte o al sur, al este o al oeste, estas configuraciones, dadas en forma abreviada, no pueden compararse con las del centro. Este mapa topográfico, de noventa y cinco centímetros de altura y dividido en cuatro partes, es la obra maestra de la cartografía lunar.

Después de estos eruditos, citamos los relieves selenográficos del astrónomo alemán Julius Schmidt, los trabajos topográficos del padre Secchi, las magníficas pruebas del aficionado inglés Waren de la Rue y, por último, un mapa en proyección ortográfica de los señores Lecouturier y Chapuis, un hermoso modelo dibujado en 1860, con un dibujo y un trazado muy claros.

Tal es la nomenclatura de los distintos mapas relativos al mundo lunar. Barbicane tenía dos, la de los señores Beer y Moedler, y la de los señores Chapuis y Lecouturier. Deberían haber facilitado su trabajo como observador.

En cuanto a los instrumentos ópticos de que disponía, eran unos excelentes catalejos marinos, fabricados especialmente para este viaje. Aumentaban los objetos cien veces. Habrían acercado la Luna a la Tierra más de mil leguas. Pero entonces, a una distancia que a eso de las tres de la mañana no superaba los ciento veinte kilómetros, y en un entorno que ninguna atmósfera perturbaba, estos instrumentos deberían haber hecho descender el nivel lunar a menos de mil quinientos metros.

CAPÍTULO XI

Fantasía y realismo

—¿Has visto alguna vez la Luna?, preguntó irónicamente un profesor a uno de sus alumnos.

—No, señor —respondió el estudiante con más ironía aún—, pero debo decir que he oído hablar de ella.

En cierto sentido, la agradable respuesta del estudiante podría ser hecha por la gran mayoría de los seres sublunares. Cuánta gente ha oído hablar de la Luna, que nunca la ha visto… ¡al menos a través del ocular de un telescopio! ¡Cuántas personas ni siquiera han examinado el mapa de su satélite!

Al mirar un mapa selenográfico, una particularidad llama la atención al principio.

Contrariamente a la disposición seguida para la Tierra y Marte, los continentes ocupan más particularmente el hemisferio sur del globo lunar. Estos continentes no tienen las líneas terminales nítidas y regulares que definen el sur de América, África y la península de la India. Sus costas angulosas, caprichosas y profundamente dentadas son ricas en golfos y penínsulas. Recuerdan al embrollo de las Islas de la Sonda, donde la tierra está excesivamente dividida. Si alguna vez existió la navegación en la superficie de la Luna, debió de ser singularmente difícil y peligrosa, y hay que compadecer a los marineros e hidrógrafos selenitas, a estos últimos cuando inspeccionaron esas atormentadas costas, a los segundos cuando realizaron esos peligrosos desembarcos.

También se observará que en el esferoide lunar el polo sur es mucho más continental que el polo norte. En este último no hay más que un ligero casquete de tierra separado de los otros continentes por vastos mares [Bien entendido que por la palabra "mares" nosotros designamos esos inmensos espacios que, probablemente antaño cubiertos de agua, ahora son sólo vastas llanuras]. Hacia el sur, los continentes cubren casi todo el hemisferio. Por lo tanto, es posible que los selenitas ya hayan plantado la bandera en uno de sus mástiles, mientras que los Franklin, los Ross, los Kanes, los Dumont-d'Urvilles y los Lamberts aún no han podido llegar a este punto desconocido del globo.

En cuanto a las islas, son numerosas en la superficie de la Luna. Casi todas son oblongas o circulares, y como si estuvieran dibujados con una brújula, parecen formar un vasto archipiélago, comparable a ese encantador grupo lanzado entre Grecia y Asia Menor, que la mitología animó en su día con sus más graciosas leyendas. Involuntariamente, vienen a la mente los nombres de Naxos, Ténedos, Milo, Cárpatos, y se busca con la mirada la nave de Ulises o el "clipper" de los argonautas. Era, al menos, lo que Michel Ardan reclamaba; era un archipiélago griego lo que veía en el mapa. A sus compañeros menos fantasiosos, el aspecto de sus costas les recordaba más bien las tierras fragmentadas de Nueva Brunswick y Nueva Escocia, y donde el francés encontró el rastro de los héroes de la leyenda, estos americanos observaron los puntos favorables al establecimiento de puestos comerciales, en interés del comercio y la industria lunares.

Para completar la descripción de la parte continental de la Luna, unas palabras sobre su disposición orográfica. Se pueden distinguir claramente las cordilleras, las montañas aisladas, los circos y los surcos. Todo el relieve lunar está incluido en esta división. Es extraordinariamente atormentado. Es una Suiza inmensa, una Noruega continua donde la acción plutónica lo ha hecho todo. Esta superficie, tan profundamente acanalada, es el resultado de las sucesivas contracciones de la corteza, en el momento en que la estrella estaba en proceso de formación. El disco lunar es, por tanto, ideal para estudiar los principales fenómenos geológicos. Según la observación de algunos astrónomos, su superficie, aunque más antigua que la de la Tierra, ha permanecido más nueva. No hay aguas que deterioren el relieve primitivo y cuya acción creciente produzca una especie de nivelación general, ni aire cuya influencia descomponedora modifique los perfiles orográficos. Allí, la obra plutónica, inalterada por las fuerzas neptunianas, se encuentra en toda su pureza nativa. Esta es la Tierra tal y como era antes de que los pantanos y las corrientes la llenaran de capas sedimentarias.

Tras recorrer estos vastos continentes, la mirada se dirige a los mares aún más grandes. No sólo su conformación, su situación y su aspecto recuerdan a los de los océanos terrestres, sino que además, como en la Tierra, estos mares ocupan la mayor parte del globo. Y sin embargo, no son espacios líquidos, sino llanuras cuya naturaleza los viajeros esperaban determinar pronto.

Los astrónomos, hay que reconocerlo, han adornado estos supuestos mares con nombres cuanto menos extraños y que la ciencia ha respetado hasta ahora. Michel Ardan tenía razón cuando comparaba este mapa del mundo con una *carte du Tendre*, elaborada por un Scudéry o un Cyrano de Bergerac.

—Sólo que —añadió— ya no es el mapa del sentimiento como en el siglo XVII, es el mapa de la vida, muy claramente dividido en dos partes, una femenina y otra masculina. Para las mujeres, el hemisferio derecho. Para los hombres, el hemisferio izquierdo.

Y cuando hablaba así, Michel hacía que sus prosaicos compañeros se encogieran de hombros. Barbicane y Nicholl consideraron el mapa lunar desde un punto de vista completamente diferente al de su fantasioso amigo. Sin embargo, su fantasioso amigo tenía algo de razón. Juzguemos nosotros.

En este hemisferio izquierdo se encuentra el "Mar de Nubes", donde la razón humana se ahoga tan a menudo. No muy lejos aparece el "Mar de las Lluvias", alimentado por todas las preocupaciones de la vida. Cerca está el "Mar de las Tormentas", donde el hombre lucha constantemente contra sus pasiones, a menudo victoriosas. Luego, agotado por los desengaños, las traiciones, las infidelidades y toda la procesión de miserias terrenales, ¿qué encuentra al final de su carrera? ¡este vasto "mar de estados de ánimo" apenas suavizado por unas gotas de agua del "golfo del Rocío"! Nubes, lluvias, tormentas, humores, ¿acaso la vida del hombre contiene algo más y no se puede resumir en estas cuatro palabras?

El hemisferio derecho, "dedicado a las damas", contiene mares más pequeños, cuyos nombres significativos incluyen todas las incidencias de una existencia femenina. Es el "Mar de la Serenidad", sobre el que se inclina la joven, y el "Lago de las Canciones", que le refleja un futuro brillante. Es el "Mar del Néctar", con sus olas de ternura y sus brisas de amor. Es el "Mar de la Fertilidad", es el "Mar de la Crisis", luego el "Mar del Vapor", cuyas dimensiones son quizás demasiado pequeñas, y finalmente el vasto "Mar de la Tranquilidad", donde han sido absorbidas todas las falsas pasiones, todos los sueños inútiles, todos los deseos insospechados, y cuyas olas fluyen apaciblemente hacia "el Lago de la Muerte".

¡Qué extraña sucesión de nombres! ¡Qué singular división de estos dos hemisferios de la Luna, unidos entre sí como el hombre y la mujer, y formando esta esfera de vida llevada al espacio! ¿Y no tenía razón el fantasioso Michel al interpretar así esta fantasía de los antiguos astrónomos?

Pero mientras su imaginación recorría "los mares", sus serios compañeros consideraban las cosas más geográficamente. Aprendieron este nuevo mundo de memoria. Midieron sus ángulos y diámetros.

Para Barbicane y Nicholl, el Mar de las Nubes era una inmensa depresión de tierra, salpicada de algunas montañas circulares, y que cubría una gran parte de la parte occidental del hemisferio sur; ocupaba ciento ochenta y cuatro mil ochocientas leguas cuadradas, y su centro estaba a 15° de latitud sur y 20° de longitud oeste. El Océano de las Tormentas, *Oceanus Procellarum*, la mayor llanura del disco lunar, abarcaba una superficie de trescientas veintiocho mil trescientas leguas cuadradas, estando su centro a 10° de latitud norte y 45° de longitud este. De su seno surgieron las admirables montañas radiantes de Kepler y Aristarco.

Más al norte y separado del Mar de las Nubes por altas cadenas, se encontraba el Mar de las Lluvias, *Mare Imbrium*, que tenía su punto central a 35° de latitud norte y 20° de longitud este; tenía una forma aproximadamente circular y cubría un área de ciento noventa y tres mil leguas. No muy lejos, el Mar de los Humores, *Mare Humorum*, una pequeña cuenca de sólo cuarenta y cuatro mil doscientas leguas cuadradas, estaba situado a 25° de latitud sur y 40° de longitud este. Por último, en la costa de este hemisferio aún se veían tres golfos: el Golfo de Tórrida, el Golfo del Rocío y el Golfo de Iris, pequeñas llanuras apretujadas entre altas cordilleras.

El hemisferio "femenino", naturalmente más caprichoso, se distinguía por tener mares más pequeños y numerosos. Estos eran, hacia el norte, el Mar del Frío, *Mare Frigoris*, a 55° de latitud norte y 0° de longitud, con una superficie de setenta y seis mil leguas cuadradas, que limitaba con el Lago de la Muerte y el Lago de los Cantos; el Mar de la Serenidad, *Mare Serenitatis*, a 25° de latitud norte y 20° de longitud oeste, con una superficie de ochenta y seis mil leguas cuadradas; el Mar de las Crisis, *Mare Crisium*, bien definido, muy redondo, abarcando, por 17° de latitud norte y 55° de longitud oeste, una superficie de cuarenta mil leguas, un verdadero Caspio enterrado en un cinturón de montañas. Luego, en el Ecuador, a 5° de latitud norte y 25° de longitud oeste, apareció el Mar de la Tranquilidad, *Mare Tranquillitatis*, que ocupa ciento veintiún mil quinientas nueve leguas cuadradas; Este mar se comunicaba al sur con el Mar del Néctar,

Mare Nectaris, que se extendía sobre veintiocho mil ochocientas leguas cuadradas, a 15° de latitud sur y 35° de longitud oeste, y al este con el Mar de la Fecundidad, *Mare Fecunditatis,* el más grande de este hemisferio, que ocupaba doscientas diecinueve mil trescientas leguas cuadradas, a 3° de latitud sur y 50° de longitud oeste. Por último, muy al norte y al sur, aún destacaban dos mares, el mar de Humboldt, Mare *Humboldtianum, con una* superficie de seis mil quinientas leguas cuadradas, y el mar del Sur, *Mare Australe,* con una superficie de veintiséis millas.

En el centro del disco lunar, a caballo entre el Ecuador y el meridiano cero, se abrió el Golfo Central, *Sinus Medii,* una especie de enlace entre los dos hemisferios.

Así se descompuso a los ojos de Nicholl y Barbicane la superficie aún visible del satélite de la Tierra. Cuando sumaron estas diversas medidas, encontraron que la superficie de este hemisferio era de cuatro millones setecientas treinta y ocho mil ciento sesenta leguas cuadradas, de las cuales tres millones trescientas dieciséis mil seiscientas leguas correspondían a volcanes, cordilleras, circos, islas, en una palabra, todo lo que parecía formar la parte sólida de la Luna, y mil cuatrocientas leguas a mares, lagos, pantanos, todo lo que parecía formar la parte líquida. Esto, además, era perfectamente indiferente para el digno Miguel.

Este hemisferio, como podemos ver, es trece veces y media más pequeño que el hemisferio terrestre. Sin embargo, los selenógrafos ya han contado más de cincuenta mil cráteres. Se trata, pues, de una superficie ampollada y agrietada, una auténtica espumadera, digna de la descripción poco poética que le dan los ingleses, *green cheese.*

Michel Ardan dio un respingo cuando Barbicane pronunció este nombre despectivo.

—¡Así es como los anglosajones del siglo XIX tratan a la bella Diana, a la bella Febe, a la amable Isis, a la encantadora Astarté, a la reina de las noches, a la hija de Latona y Júpiter, a la hermana menor del radiante Apolo!

CAPÍTULO XII

Detalles orográficos

La dirección que siguió el proyectil, como ya se ha advertido, fue hacia el hemisferio norte de la Luna. Los viajeros se encontraban lejos de este punto central que deberían haber alcanzado, si su trayectoria no se hubiera desviado irremediablemente.

Eran las doce y media de la noche. Barbicane estimó entonces su distancia en mil cuatrocientos kilómetros, una distancia ligeramente superior a la longitud del radio lunar, y que debía disminuir a medida que avanzaba hacia el Polo Norte. El proyectil se encontraba entonces, no a la altura del Ecuador, sino a través del décimo paralelo, y desde esta latitud, cuidadosamente trazada en el mapa, hasta el Polo, Barbicane y sus dos compañeros pudieron observar la Luna en las mejores condiciones.

En efecto, gracias al uso del telescopio, esta distancia de mil cuatrocientos kilómetros se redujo a catorce, es decir, tres leguas y media. El telescopio de las Montañas Rocosas acercaba la Luna, pero la atmósfera terrestre disminuyó singularmente su poder óptico. Así, Barbicane, apostado en su proyectil, con su catalejo en los ojos, percibió ciertos detalles que eran esquivos para los observadores en la Tierra.

—Amigos míos, dijo el Presidente con voz seria, no sé a dónde vamos, no sé si volveremos a ver el mundo. Sin embargo, procedamos como si este trabajo fuera un día para servir a nuestros semejantes. Mantengamos nuestra mente libre de toda preocupación. Somos astrónomos. Este proyectil es un armario del Observatorio de Cambridge, transportado al espacio. Observemos.

No obstante, el trabajo se inició con extrema precisión y reprodujo fielmente los diversos aspectos de la Luna a las distintas distancias que el proyectil ocupaba en relación con ese astro.

Al mismo tiempo que el proyectil estaba a la altura del décimo paralelo norte, parecía seguir el vigésimo grado de longitud Este.

Aquí hay una observación importante sobre el mapa utilizado para las observaciones. En los mapas selenográficos en los que, debido a la inversión de los objetos por parte de los telescopios, el sur se encuentra en la parte superior y el norte en la inferior, parece natural que, como consecuencia de esta inversión, el este se sitúe a la izquierda y el oeste a la derecha. Sin embargo, este no es el caso. Si el mapa se pusiera al revés y presentara la Luna tal y como se ve, el este estaría a la izquierda y el oeste a la derecha, al contrario de lo que se encuentra en los mapas terrestres. He aquí la razón de esta anomalía. Los observadores del hemisferio norte, en Europa si se quiere, ven la Luna en el sur con respecto a ellos. Cuando la observan, dan la espalda al norte, que es la posición opuesta a la que ocupan cuando miran un mapa de la Tierra. Como están de espaldas al norte, el este está a su izquierda y el oeste a su derecha. Para los observadores del hemisferio sur, en la Patagonia, por ejemplo, el oeste de la Luna estaría perfectamente a su izquierda y el este a su derecha, ya que el mediodía está detrás de ellos.

Esta es la razón de esta aparente inversión de los dos puntos cardinales, y debe tenerse en cuenta al seguir las observaciones del Presidente Barbicane.

Con la ayuda de la *Mappa selenographica* de Beer y Moedler, los viajeros podían reconocer sin dudarlo la porción del disco enmarcada en el campo de su telescopio.

—¿Qué vemos ahora?, preguntó Michel.

—La parte norte del Mar de las Nubes —respondió Barbicane—. Estamos demasiado lejos para reconocer su naturaleza.

¿Están estas llanuras compuestas de arenas estériles, como afirmaban los primeros astrónomos? Son sólo bosques inmensos, según la opinión de M. Waren de la Rue, que concede a la Luna una atmósfera muy baja pero muy densa, eso es lo que sabremos más adelante. No afirmemos nada antes de tener derecho a afirmar.

Este Mar de las Nubes está delimitado de forma bastante dudosa en los mapas. Se supone que esta vasta llanura está sembrada de bloques de lava vomitados por los volcanes vecinos de su lado derecho, Ptolomeo, Purbach, Arzachel. Pero el proyectil avanzaba y se acercaba, y pronto aparecieron los picos que cierran este mar en su límite norte. Frente a ellos se alzaba una montaña radiante de gran belleza, cuya cima parecía perderse en un resplandor de luz solar.

—¿Qué es?, preguntó Michel.

—Copérnico —respondió Barbicane.

—Veamos a Copérnico.

Esta montaña, situada en la latitud 9° Norte y la longitud 20° Este, se eleva a una altura de tres mil cuatrocientos treinta y ocho metros sobre el nivel de la superficie de la Luna. Es muy visible desde la Tierra, y los astrónomos pueden estudiarla perfectamente, sobre todo durante la fase entre el último cuarto y la Luna Nueva, porque entonces las sombras se proyectan durante mucho tiempo de este a oeste y permiten medir sus alturas.

Este Copérnico forma el sistema radiante más importante del disco después de Tycho, situado en el hemisferio sur. Se levanta solo, como un gigantesco faro en la parte del Mar de las Nubes que limita con el Mar de las Tormentas, e ilumina bajo su espléndido resplandor dos océanos a la vez. Era un espectáculo sin igual el de esas largas rayas luminosas, tan deslumbrantes en la Luna llena, y que sobrepasan las cadenas limítrofes del norte, y se extienden hasta el Mar de las Lluvias. A la una de la madrugada, el proyectil, como un globo llevado al espacio, dominaba esta soberbia montaña.

Barbicane fue capaz de reconocer exactamente las principales disposiciones. Copérnico está incluido en la serie de montañas anulares de primer orden, en la división de los grandes circos. Al igual que Kepler y Aristarco, que dominan el Océano de las Tormentas, a veces aparece como un punto brillante en la luz cenicienta y ha sido confundido con un volcán activo. Pero es sólo un volcán extinto, como todos los de este lado de la Luna. Su circunvalación tenía unas veintidós leguas de diámetro. El telescopio descubrió rastros de estratificaciones producidas por sucesivas erupciones, y los alrededores parecían estar sembrados de restos volcánicos, algunos de los cuales aún eran visibles dentro del cráter.

—Hay, dice Barbicane, varios tipos de circos en la superficie de la Luna, y es fácil ver que Copérnico pertenece al tipo radiante. Si estuviéramos más cerca, veríamos los conos que se erizan en el interior, y que antes eran otras tantas bocas ignífugas. Una característica curiosa e inédita del disco lunar es que la superficie interior de estos circos es notablemente más baja que la llanura exterior, en contraste con la forma de los cráteres terrestres. Se deduce, por tanto, que la curvatura general del fondo de estos circos da lugar a una esfera de menor diámetro que la de la Luna.

—¿Y por qué esa disposición especial? —preguntó Nicholl.

—No lo sabemos —respondió Barbicane.

—Qué despliegue tan espléndido —repitió Michel—. No puedo imaginar que se pueda ver un espectáculo más hermoso.

—¿Qué dirás —respondió Barbicane— si los azares de nuestro viaje nos llevan al hemisferio sur?

—¡Pues yo diré que es aún más hermoso! —respondió Michel Ardan.

En este momento, el proyectil dominaba el circo perpendicularmente. La circunvalación de Copérnico formaba un círculo casi perfecto, y sus empinadas murallas destacaban claramente. Incluso se podía distinguir un doble recinto en forma de anillo. A su alrededor se extendía una llanura grisácea de aspecto salvaje, en la que las formas del terreno destacaban en amarillo. Al fondo del circo, como encerrados en un joyero, dos o tres conos eruptivos brillaron por un momento, como enormes gemas deslumbrantes. Al norte, las murallas estaban rebajadas por una depresión que probablemente habría dado acceso al interior del cráter.

Al pasar por la llanura circundante, Barbicane pudo observar un gran número de pequeñas montañas, y entre ellas una pequeña montaña anular llamada Gay-Lussac, cuya anchura es de veintitrés kilómetros. Hacia el sur, la llanura era muy llana, sin una exuberancia, sin una elevación del terreno. Hacia el norte, por el contrario, hasta el punto en que limitaba con el Océano de las Tormentas, era como una superficie líquida agitada por un huracán, cuyos picos y oleajes representaban una sucesión de olas repentinamente heladas. Por encima de todo esto y en todas las direcciones corrían las rayas luminosas que convergían en la cima de Copérnico. Algunos de ellos tenían treinta kilómetros de ancho por una longitud incuantificable.

Los viajeros discutieron el origen de esos extraños rayos, y no pudieron determinar su naturaleza más que los observadores terrestres.

—Pero, ¿por qué —dijo Nicholl— estos rayos no deberían ser simplemente estribaciones de montañas que reflejan la luz del sol con mayor intensidad?

—No —respondió Barbicane—, si así fuera, en ciertas condiciones de la Luna, estos bordes proyectarían sombras. Pero no lo hacen.

En efecto, estos rayos sólo aparecen en el momento en que la estrella del día está en oposición con la Luna, y desaparecen en cuanto sus rayos se vuelven oblicuos.

—Pero, ¿qué se ha ideado para explicar esas rayas de luz?, preguntó Michel, ¡pues no puedo creer que a los científicos les falten nunca explicaciones!

—Sí —respondió Barbicane—, Herschel formuló una opinión, pero no se atrevió a afirmarla.

—No importa. ¿Cuál es esa opinión?

—Pensó que estos rayos debían ser corrientes de lava enfriada que brillaban cuando el sol les daba normalmente. Esto puede ser así, pero nada es menos cierto. Además, si pasamos más cerca de Tycho, estaremos en mejores condiciones de reconocer la causa de esta radiación.

—¿Sabéis, amigos míos, qué aspecto tiene esta llanura desde la altura en la que nos encontramos?

—No —dijo Nicholl.

—Bueno, con todos estos trozos de lava extendidos como husos, parece un enorme conjunto de trastos tirados en un revoltijo. Lo único que falta es un gancho para quitarlos uno a uno.

—¡Habla en serio! —dijo Barbicane.

—Seamos serios —respondió tranquilamente Miguel— y en lugar de juncos, pongamos huesos. Esta llanura sería entonces un enorme osario en el que descansarían los restos mortales de mil generaciones extinguidas. ¿Le gusta más esta comparación?

—Una es tan buena como la otra —respondió Barbicane.

—¡Eres difícil! —replicó Miguel.

—Mi digno amigo —dijo el positivo Barbicane—, no importa lo que parezca, mientras no se sepa lo que es.

—Bien contestado —exclamó Miguel—. Eso me enseñará a razonar con los eruditos.

Sin embargo, el proyectil avanzaba con una velocidad casi uniforme mientras se extendía a lo largo del disco lunar. Los viajeros, es fácil imaginarlo, no pensaron en tomarse un momento de descanso. Cada minuto cambiaba el paisaje que huía ante sus ojos. A eso de la una y media de la madrugada, vislumbraron las cumbres de otra montaña. Barbicane, consultando su mapa, reconoció a Eratóstenes.

Era una montaña anular de cuatro mil quinientos metros de altura, uno de esos circos tan numerosos en el satélite. Y, a este respecto, Barbicane contó a sus amigos la singular opinión de Kepler sobre la formación de estos círculos. Según el famoso matemático, estas cavidades en forma de cráter deben haber sido excavadas por la mano del hombre.

—¿Cuál era la intención?, preguntó Nicholl.

—¡Una intención muy natural! —respondió Barbicane. Los selenitas habrían emprendido estas inmensas obras y cavado estos enormes agujeros para refugiarse y protegerse de los rayos solares que los golpean durante quince días consecutivos.

—¡No son estúpidos los selenitas!

—¡Extraña idea! —respondió Nicholl. Pero es probable que Kepler no conociera las verdaderas dimensiones de estos circos, pues excavarlos habría sido un trabajo de gigantes, impracticable para los selenitas.

—¿Por qué, si la gravedad en la superficie de la Luna es seis veces menor que en la Tierra?

—¿Pero qué pasa si los selenitas son seis veces más pequeños?

—¡Y si no hay selenitas! —añadió Barbicane. Esto puso fin a la discusión.

Pronto Eratóstenes desapareció bajo el horizonte sin que el proyectil se acercara lo suficiente como para permitir una observación rigurosa. Esta montaña separaba los Apeninos de los Cárpatos.

En la orografía lunar se han distinguido algunas cadenas montañosas que se distribuyen principalmente por el hemisferio norte. Sin embargo, algunos de ellos ocupan partes del hemisferio sur.

Aquí está la tabla de estas diversas cordilleras, indicadas de sur a norte, con sus latitudes y alturas relacionadas con los picos más altos:

Montañas	Doerfel	84°		—	latitud S.	7603	metros.
—	Leibnitz	65°		—	—	7600	—
—	Rook	20°	à	30°	—	1600	—

—	Altai	17°	à	28°	—	4047	—
—	Cordilleras	10°	à	20°	—	3898	—
—	Pirineos	8°	à	18°	—	3631	—
—	Urales	5°	à	13°	—	838	—
—	Alembert	4°	à	10°	—	5847	—
—	Hoemus	8°	à	21°	latitud N.	2021	—
—	Cárpatos	15°	à	19°	—	1939	—
—	Apeninos	14°	à	27°	—	5501	—
—	Tauros	21°	à	28°	—	2746	—
—	Rifeos	25°	à	33°	—	4171	—
—	Hercinios	17°	à	33°	—	1170	—
—	Cáucaso	32°	à	41°	—	5567	—
—	Alpes	42°	à	49°	—	3617	—

De estas diversas cadenas, la más importante es la de los Apeninos, cuyo desarrollo es de ciento cincuenta leguas, desarrollo inferior, sin embargo, al de los grandes movimientos orográficos de la Tierra. Los Apeninos se extienden a lo largo del borde oriental del Mar de la Lluvia, y continúan hacia el norte con los Cárpatos, cuyo perfil mide unas cien leguas.

Los viajeros sólo pudieron vislumbrar la cima de estos Apeninos, que se extienden desde los 10° de longitud oeste hasta los 16° de longitud este; pero la cadena de los Cárpatos se extendía ante sus ojos desde el decimoctavo hasta el trigésimo grado de longitud este, y pudieron trazar su distribución.

Una hipótesis les pareció muy justificada. Al ver que esta cadena de los Cárpatos afectaba aquí y allá a formas circulares y estaba dominada por picos, concluyeron que antiguamente formaba importantes circos. Estos anillos montañosos deben haber sido parcialmente rotos por el vasto derrame al que se debe el Mar de las Lluvias. Estos Cárpatos eran entonces, por su aspecto, lo que serían los circos de Purbach, Arzachel y Ptolomeo, si un cataclismo derribara sus murallas izquierdas y los transformara en una cadena continua. Tienen una altura media de tres mil doscientos metros, comparable a la de algunos puntos de los Pirineos, como el puerto de Pinède. Sus laderas meridionales caen abruptamente hacia el inmenso Mar de las Lluvias.

Hacia las dos de la mañana, Barbicane se encontraba a la altura del vigésimo paralelo lunar, no muy lejos de esa pequeña montaña, de mil quinientos cincuenta y nueve metros de altura, que lleva el nombre de Pythias. La distancia del proyectil a la Luna era de sólo mil doscientos kilómetros, reducida a tres leguas por medio de las gafas.

El Mare Imbrium se extendía ante los ojos de los viajeros como una inmensa depresión cuyos detalles eran aún difíciles de comprender. Cerca de ellos, a la izquierda, se alzaba el monte Lambert, cuya altitud se estima en mil ochocientos trece metros, y más allá, en el límite del Océano de las Tormentas, a 23° de latitud norte y 29° de longitud este, brillaba la radiante montaña de Euler. Esta montaña, a sólo mil ochocientos quince metros de altura sobre la superficie lunar, había sido objeto de un interesante estudio por parte del astrónomo Schroeter. Este científico, tratando de reconocer el origen de las montañas de la Luna, se había preguntado si el volumen del cráter era siempre sustancialmente igual al volumen de las paredes que lo formaban. Esta proporción existía en general, y Schroeter concluyó que una sola erupción de material volcánico había sido suficiente para formar estas paredes, ya que las sucesivas erupciones habrían alterado esta proporción. Sólo el monte Euler contradecía esta ley general, y había necesitado varias erupciones sucesivas para su formación, ya que el volumen de su cavidad era el doble del de su recinto.

Todas estas hipótesis estaban permitidas a los observadores terrestres cuyos instrumentos les servían de forma incompleta. Pero Barbicane no se contentó con esto, y viendo que su proyectil se acercaba regularmente al disco lunar, no desesperó, incapaz de alcanzarlo, de sorprender al menos los secretos de su formación.

CAPÍTULO XIII

Paisajes lunares

A las dos y media de la mañana, el proyectil atravesaba el trigésimo paralelo lunar a una distancia efectiva de mil kilómetros, reducida a diez por los instrumentos ópticos. Todavía parecía imposible que pudiera tocar cualquier punto del disco. Su velocidad de traslación, relativamente mediocre, era inexplicable para el presidente Barbicane. A esta distancia de la Luna, debería haber sido considerable para poder neutralizar la fuerza de atracción. Por lo tanto, había un fenómeno cuya razón aún se le escapaba. Además, no había tiempo para buscar la causa. El paisaje lunar pasó ante los ojos de los viajeros, que no querían perder ni un solo detalle.

El disco apareció así en las gafas a una distancia de dos leguas y media. Un aeronauta, transportado a esta distancia de la Tierra, ¿qué vería en su superficie? Es imposible decirlo, ya que las ascensiones más altas no han superado los ocho mil metros.

Sin embargo, aquí hay una descripción exacta de lo que Barbicane y sus compañeros vieron desde esa altura.

Una variedad de colores apareció en grandes manchas en el disco. Los selenógrafos no se ponen de acuerdo sobre la naturaleza de estas coloraciones. Son diversos y están bastante definidos. Julius Schmidt afirma que si los océanos terrestres se secaran, un observador selenita lunar no distinguiría en el globo, entre los océanos y las llanuras continentales, matices tan diversos como los que aparecen en la Luna para un observador terrestre. Según él, el color común de las vastas llanuras conocidas como "mares" es gris oscuro mezclado con verde y marrón. Algunos cráteres grandes también muestran esta coloración.

Barbicane conocía esta opinión del selenógrafo alemán, opinión que compartían los señores Beer y Moedler. Comprobó que la observación les daba la razón frente a ciertos astrónomos que sólo admiten la coloración gris de la superficie de la Luna. En ciertos espacios, el color verde se acentuaba fuertemente, tal como aparece, según Julius Schmidt, en los mares de la Serenidad y de los Humores. Barbicane también observó grandes cráteres sin conos interiores, que arrojaban un color azulado análogo a los reflejos de una chapa de acero recién pulida. Estas coloraciones pertenecían realmente al disco lunar, y no resultaban, según la opinión de algunos astrónomos, ni de la imperfección del objetivo de los catalejos, ni de la interposición de la atmósfera terrestre. Para Barbicane, no había ninguna duda al respecto. Observaba a través del vacío y no podía cometer ningún error óptico. Tomó el hecho de estas diversas coloraciones como una conquista de la ciencia. Ahora bien, ¿se debían estas tonalidades de verde a la vegetación tropical, sostenida por una atmósfera densa y baja? Todavía no podía decidirse.

Más adelante, observó un matiz rojizo, muy suficientemente pronunciado. Ya se había observado una sombra semejante en el fondo de un recinto aislado, conocido como el circo de Lichtenberg, situado cerca de los montes Hercinianos, en el borde de la Luna, pero no pudo reconocer su naturaleza.

No se alegró de otra peculiaridad del disco, pues no pudo precisar la causa exacta. Aquí está esa peculiaridad.

Michel Ardan estaba observando cerca del presidente, cuando notó unas largas líneas blancas, brillantemente iluminadas por los rayos directos del Sol. Era una sucesión de surcos luminosos, muy diferente de la radiación que Copérnico había presentado anteriormente. Corrían en paralelo el uno al otro.

Michel, con su habitual aplomo, no dejó de exclamar:

—¡Aquí! ¡Campos cultivados!

—¿Campos cultivados? —respondió Nicholl, encogiéndose de hombros.

—Labrados, al menos —respondió Michel Ardan—. ¡Pero qué aradores son estos selenitas, y qué bueyes gigantescos deben enjaezar a su arado para cavar tales surcos!

—Esos no son surcos —dijo Barbicane.

—Vaya por los surcos —replicó mansamente Michel—. Sólo una cosa: ¿qué entendemos por surcos en el mundo científico?

Barbicane le contó inmediatamente a su compañero lo que sabía sobre los surcos lunares. Sabía que se trataba de surcos observados en todas las partes no montañosas del disco; que estos surcos, la mayoría de las veces aislados, miden de cuatro a cincuenta leguas de longitud; que su anchura varía de mil a mil quinientos metros, y que sus bordes son rigurosamente paralelos; pero no sabía nada más, ni sobre su formación ni sobre su naturaleza.

Barbicane, armado con su telescopio, observó estos surcos con extrema atención. Se dio cuenta de que sus bordes estaban formados por pendientes extremadamente pronunciadas. Eran largas murallas paralelas, y con algo de imaginación se podría admitir la existencia de largas líneas de fortificaciones erigidas por ingenieros selenitas.

De estos diversos surcos, algunos eran absolutamente rectos y como dibujados con una línea de tiza. Otros estaban ligeramente curvados, pero mantenían el paralelismo de sus bordes. Estos se entrecruzan; aquellos cortan cráteres. Aquí atravesaron cavidades ordinarias, como Posidonio o Petavio; allí zigzaguearon por mares, como el Mar de la Serenidad.

Estos accidentes naturales deben haber ejercitado necesariamente la imaginación de los astrónomos terrestres. Las primeras observaciones no habían descubierto estos surcos. Ni Hévélius, ni Cassini, ni La Hire, ni Herschel parecen haberlos conocido. Fue Schroeter quien, en 1789, llamó por primera vez la atención de los científicos sobre ellos. Otros siguieron estudiándolos, como Pastorff, Gruithuysen, Beer y Moedler. Hoy su número es de setenta. Pero, aunque los hemos contado, aún no hemos determinado su naturaleza. No se trata de fortificaciones, ni tampoco de antiguos lechos de ríos secos, ya que, por un lado, las aguas tan ligeras de la superficie de la Luna no podrían haber excavado por sí mismas tales aliviaderos, y por otro, estos surcos a menudo atraviesan cráteres situados a gran altura.

Sin embargo, hay que admitir que Michel Ardan tenía una idea y que, sin saberlo, coincidió con Julius Schmidt en esta ocasión.

—¿Por qué —dice— esas apariciones inexplicables no son simples fenómenos de la vegetación?

—¿En qué te basas? —preguntó Barbicane con brusquedad.

—No se deje llevar, mi digno presidente —respondió Michel—. ¿No será que esas líneas oscuras que forman el hombro son hileras de árboles dispuestas regularmente?

—¿Así que te preocupa tu vegetación? —dijo Barbicane.

—¡Deseo —replicó Michel Ardan— explicar lo que ustedes los científicos no explican! Al menos mi hipótesis tendría la ventaja de indicar por qué estos surcos desaparecen o parecen desaparecer a intervalos regulares.

—¿Y por qué?

—Porque estos árboles se vuelven invisibles cuando pierden sus hojas, y visibles cuando las recuperan.

—Tu explicación es ingeniosa, querido amigo —replicó Barbicane—, pero es inadmisible.

—¿Por qué?

—Porque no hay, por así decirlo, ninguna estación en la superficie de la Luna, y por lo tanto los fenómenos de vegetación de los que usted habla no pueden ocurrir allí.

En efecto, la ligera oblicuidad del eje lunar mantiene al Sol a una altura casi constante en cada latitud. Por encima de las regiones ecuatoriales, el astro radiante ocupa casi invariablemente el cenit y apenas supera el horizonte en las regiones polares. Así, según cada región, hay un invierno, una primavera, un verano o un otoño perpetuos, al igual que en el planeta Júpiter, cuyo eje también está ligeramente inclinado en su órbita.

¿A qué origen pertenecen estos surcos? Esta es una pregunta difícil de responder. Sin duda son posteriores a la formación de los cráteres y circos, porque muchos de ellos se introdujeron rompiendo sus murallas circulares. Por lo tanto, es posible que, contemporáneamente a los últimos períodos geológicos, se deban únicamente a la expansión de las fuerzas naturales.

Sin embargo, el proyectil había alcanzado la altura del cuadragésimo grado de latitud lunar, a una distancia no superior a las quinientas millas. Los objetos aparecían en el campo de los catalejos, como si se hubieran colocado a sólo dos leguas de distancia. En este punto, bajo sus pies, se alzaba Helicón, de quinientos cinco metros de altura, y a la izquierda estaban esas mediocres alturas que encierran una pequeña porción del Mar de las Lluvias bajo el nombre de Golfo de Iris.

La atmósfera de la Tierra tendría que ser ciento setenta veces más transparente de lo que es para que los astrónomos pudieran realizar observaciones completas en la superficie de la Luna. Pero en este vacío donde el proyectil flotaba, no se interponía ningún fluido entre el ojo del observador y el objeto observado. Además, Barbicane se encontró a una distancia que los telescopios más potentes, ni el de John Ross ni el de las Montañas Rocosas, habían estado nunca. Por lo tanto, se encontraba en condiciones extremadamente favorables para resolver esta gran cuestión de la habitabilidad de la Luna. Sin embargo, esta solución se le escapaba. Sólo pudo distinguir el lecho desierto de las inmensas llanuras y, hacia el norte, las áridas montañas. Ni una sola estructura delataba la mano del hombre. Ni una ruina atestigua su paso. Ni una aglomeración de animales indicaba que la vida se había desarrollado incluso en un grado menor. En ninguna parte había movimiento, en ninguna parte aparecía vegetación.

De los tres reinos que comparten el esferoide terrestre, sólo uno estaba representado en el globo lunar: el reino mineral.

—¡Ah!, dijo Michel Ardan, un poco desconcertado, ¿no hay nadie ahí?

—No —respondió Nicholl—, hasta ahora. Ni un hombre, ni un animal, ni un árbol. Al fin y al cabo, si la atmósfera se ha refugiado en las profundidades de las cavidades, en el interior de los circos o incluso en la cara opuesta de la Luna, no podemos prejuzgar nada.

—Además —añadió Barbicane—, incluso para la vista más aguda, un hombre no es visible a más de siete kilómetros de distancia. Así que si hay selenitas, ellos pueden ver nuestro proyectil, pero nosotros no podemos verlos.

A las cuatro de la mañana, a la altura del paralelo 50, la distancia se había reducido a seiscientos kilómetros. A la izquierda había una línea de montañas de contornos caprichosos, dibujadas a plena luz. A la derecha, en cambio, había un agujero negro como un inmenso e insondable pozo oscuro perforado en el suelo lunar.

Este agujero era el Lago Negro, era Platón, un circo profundo que se puede estudiar adecuadamente desde la Tierra, entre el último cuarto y la Luna Nueva, cuando las sombras se proyectan desde el oeste hacia el este.

Esta coloración negra rara vez se encuentra en la superficie del satélite. Sólo se ha reconocido en las profundidades del circo de Endimion, al este del Mar del Frío, en el hemisferio norte, y en el fondo del circo de Grimaldi, en el Ecuador, hacia el borde oriental de la estrella.

Platón es una montaña con forma de anillo, situada a 51° de latitud norte y 9° de longitud este. Su circo tiene noventa y dos kilómetros de largo y setenta y uno de ancho. Barbicane lamentó no haber pasado perpendicularmente por su inmensa abertura. Había un abismo por sondear, quizás algún fenómeno misterioso por sorprender. Pero el curso del proyectil no pudo ser cambiado. Había que aceptarlo rigurosamente. Uno no puede dirigir globos, y mucho menos balas de cañón, cuando está encerrado entre sus paredes.

A las cinco de la mañana, el límite norte del Mar de las Lluvias había sido finalmente superado. Las monturas La Condamine y Fontenelle permanecieron, una a la izquierda, la otra a la derecha. Esta parte del disco, a partir del sexagésimo grado, se volvió absolutamente montañosa. Los catalejos lo llevaron a una legua, una distancia inferior a la que separa la cumbre del Mont Blanc del nivel del mar. Toda la región estaba erizada de picos y circos. Hacia el grado setenta domina el Filolao, a una altura de tres mil setecientos metros, abriendo un cráter elíptico de dieciséis leguas de largo y cuatro de ancho.

Entonces el disco, visto desde esta distancia, presentaba un aspecto extremadamente extraño. Los paisajes se presentaban a la vista en condiciones muy diferentes a las de la Tierra, pero también muy inferiores.

Como la Luna no tiene atmósfera, esta ausencia de envoltura gaseosa tiene consecuencias ya demostradas. No hay crepúsculo en su superficie, la noche sigue al día y el día a la noche, con la brusquedad de una lámpara que se apaga o se enciende en medio de una profunda oscuridad. No hay transición del frío al calor, la temperatura cae en un instante del grado del agua hirviendo al grado del frío del espacio.

Otra consecuencia de esta ausencia de aire es que reina una oscuridad absoluta allí donde no llegan los rayos del Sol. Lo que en la Tierra se llama luz difusa, esa materia luminosa que el aire mantiene en suspensión, que crea crepúsculos y amaneceres, que produce sombras, penumbras y toda esa magia del claroscuro, no existe en la Luna. De ahí una brutalidad de contrastes que sólo admite dos colores, el blanco y el negro. Si un selenita protege sus ojos de los rayos del sol, el cielo le parece absolutamente negro, y las estrellas brillan en sus ojos como en la más oscura de las noches.

Juzguemos la impresión que causó este extraño aspecto en Barbicane y sus dos amigos. Sus ojos estaban confundidos. Ya no podían captar la distancia entre los distintos planos. Un paisaje lunar, no suavizado por el fenómeno del claroscuro, no podría haber sido representado por un paisajista terrestre. Manchas de tinta en una página blanca, eso era todo.

Este aspecto no cambió ni siquiera cuando el proyectil, a la altura del grado ochenta, estaba separado de la Luna por una distancia de sólo cien kilómetros. Ni siquiera cuando, a las cinco de la mañana, pasó a menos de cincuenta kilómetros de la montaña de Gioja, distancia que los catalejos redujeron a media legua. Parecía que la Luna se podía tocar con la mano. Parecía imposible que el proyectil no la golpeara antes de tiempo, aunque sólo fuera en su polo norte, cuyo borde brillante se perfilaba violentamente contra el fondo negro del cielo. Michel Ardan quiso abrir uno de los ojos de buey y precipitarse hacia la superficie lunar. ¡Una caída de doce leguas! No lo miró. Fue un intento inútil, pues si el proyectil no llegó a ningún punto del satélite, Michel, arrastrado en su movimiento, no lo habría alcanzado más que él.

En ese momento, a las seis, apareció el polo lunar. El disco ofrecía ahora a los ojos de los viajeros sólo una mitad brillantemente iluminada, mientras que la otra mitad desaparecía en la oscuridad. De repente, el proyectil rebasó la línea de demarcación entre la luz intensa y la sombra absoluta, y se sumergió de golpe en la noche profunda.

CAPÍTULO XIV

La noche de las trescientas cincuenta y cuatro horas y media

En el momento en que este fenómeno se produjo de forma tan repentina, el proyectil estaba rozando el polo norte de la Luna a una distancia inferior a cincuenta kilómetros. Unos segundos bastaron para que se sumergiera en la oscuridad absoluta del espacio. La transición se había producido tan rápidamente, sin ningún matiz, sin ninguna degradación de la luz, sin ninguna atenuación de las ondulaciones luminosas, que la estrella parecía haberse extinguido bajo la influencia de un poderoso soplo.

—¡Derretida, desvanecida, la luna!, gritó Michel Ardan, asombrado.

En efecto, ni un reflejo ni una sombra. No apareció nada del otrora deslumbrante disco. La oscuridad era total y se hacía aún más profunda por el resplandor de las estrellas. Era "esa negrura" de la que están impregnadas las noches lunares, que duran trescientas cincuenta y cuatro horas y media por cada punto del disco, una larga noche que resulta de la igualdad de los movimientos de traslación y rotación de la Luna, uno sobre sí misma, el otro alrededor de la Tierra. El proyectil, inmerso en el cono de sombra del satélite, no se vio más afectado por la acción de los rayos solares que cualquiera de los puntos de su parte invisible.

En el interior, la oscuridad era total. Ya no podíamos vernos. De ahí la necesidad de disipar esta oscuridad. Por mucho que Barbicane quisiera prescindir del gas, cuyo suministro era tan limitado, tuvo que pedirle un brillo artificial, un brillo caro que el Sol se negaba a darle.

—¡Que el diablo sea con la estrella radiante!, gritó Michel Ardan, que nos inducirá a gastar gas en lugar de prodigar sus rayos gratuitamente sobre nosotros.

—No culpemos al Sol —dijo Nicholl—. No es culpa suya, sino de la Luna, que ha llegado a colocarse como pantalla entre nosotros y él.

—¡Es el Sol! —dijo Michel.

—Es la luna —replicó Nicholl.

Una discusión ociosa que Barbicane terminó diciendo:

—Amigos míos, no es culpa del Sol ni de la Luna. La culpa es del proyectil que, en lugar de seguir rigurosamente su trayectoria, se desvía torpemente de ella. Y, para ser más precisos, la culpa es de este desafortunado bólido que se ha desviado tan deplorablemente de nuestra dirección original.

—Bueno —respondió Michel Ardan—, ya que el asunto está resuelto, desayunemos. Después de toda una noche de observación, es bueno refrescarse un poco.

Esta propuesta no encontró ninguna oposición. Michel, en pocos minutos, había preparado la comida. Pero comieron por comer, bebieron sin brindar, sin gritar. Los audaces viajeros, arrastrados a estos espacios oscuros, sin su habitual procesión de rayos, sintieron que una vaga ansiedad subía a sus corazones. La sombra "feroz", tan querida por la pluma de Víctor Hugo, los abrazaba por todos lados.

Sin embargo, hablaron de esta interminable noche de trescientas cincuenta y cuatro horas, o sea, casi quince días, que las leyes de la física han impuesto a los habitantes de la Luna. Barbicane dio a sus amigos algunas explicaciones sobre las causas y consecuencias de este curioso fenómeno.

—Curioso sin duda —dijo—, pues si cada hemisferio de la Luna está privado de luz solar durante quince días, el que estamos flotando en este momento ni siquiera disfruta, durante su larga noche, de la vista de la Tierra espléndidamente iluminada. En una palabra, hay una Luna —aplicando esta calificación a nuestro esferoide— sólo para un lado del disco. Ahora bien, si fuera así para la Tierra, si, por ejemplo, Europa no viera nunca la Luna y sólo fuera visible en sus antípodas, ¿se imaginan cuál sería el asombro de un europeo al llegar a Australia?

—¡Haríamos el viaje sólo para ver la Luna!

—Bueno —dijo Barbicane—, este asombro está reservado al selenita que habita en el lado de la Luna opuesto a la Tierra, un lado siempre invisible para nuestros compatriotas del globo.

—Y ¿qué habríamos visto —añadió Nicholl— si hubiéramos llegado aquí en la época en que la Luna es nueva, es decir, quince días después?

—Añadiré, por otra parte —continuó Barbicane—, que el habitante del lado visible está singularmente favorecido por la naturaleza en detrimento de sus hermanos del lado invisible. Este último, como ves, tiene noches profundas de trescientas cincuenta y cuatro horas, sin que ningún rayo rompa la oscuridad. El otro, por el contrario, cuando el Sol que lo ha iluminado durante quince días se pone por debajo del horizonte, ve salir una espléndida estrella en el horizonte opuesto. Es la Tierra, trece veces más grande que esta Luna reducida que conocemos; la Tierra que se expande en un diámetro de dos grados, y que derrama una luz trece veces más intensa que la que no está atemperada por ninguna capa atmosférica; ¡la Tierra cuya desaparición sólo se produce en el momento en que el Sol reaparece a su vez!

—¡Buena frase! —dijo Michel Ardan, un poco académico quizás.

—De esto se deduce —dijo Barbicane, sin pestañear— que esta cara visible del disco debe ser muy agradable de habitar, ya que siempre mira o al Sol cuando la Luna está llena, o a la Tierra cuando la Luna es nueva.

—Pero, dice Nicholl, esta ventaja debe ser bien compensada por el calor insoportable que esta luz trae consigo.

—La desventaja, en este sentido, es la misma para ambos lados, ya que la luz reflejada por la Tierra está obviamente desprovista de calor. Sin embargo, esta cara invisible se ve aún más afectada por el calor que la cara visible. Lo digo por ti, Nicholl, porque probablemente Michel no lo entenderá.

—Gracias —dijo Michel.

—En efecto —dijo Barbicane—, cuando esta cara invisible recibe tanto la luz como el calor del Sol, es porque la Luna es nueva, es decir, que está en conjunción, que está situada entre el Sol y la Tierra. Por lo tanto, en relación con su posición en la oposición, cuando está lleno, está dos veces más cerca del Sol que de la Tierra. Ahora bien, esta distancia puede estimarse en dos centésimas de la que separa al Sol de la Tierra, es decir, en números redondos, doscientas mil leguas. Por lo tanto, esta cara invisible está más cerca del Sol en doscientas mil leguas, cuando recibe sus rayos.

—Muy bien —dijo Nicholl.

—Al contrario… —dijo Barbicane.

—Un momento —dijo Miguel, interrumpiendo a su grave compañero.

—¿Qué quieres?

—Pido que continúe la explicación.

—¿Por qué?

—Para demostrar que lo entiendo.

—Vamos —dijo Barbicane, sonriendo.

—Por el contrario —dijo Michel, imitando el tono y los gestos del presidente Barbicane—, cuando la cara visible de la Luna es iluminada por el Sol, es porque la Luna está llena, es decir, situada frente al Sol en relación con la Tierra. La distancia que la separa del astro radiante se incrementa, pues, en números redondos, en doscientas mil leguas, y el calor que recibe debe ser un poco menor.

—¡Bien dicho! —exclamó Barbicane. ¿Sabes, Michel, que para ser un artista eres inteligente?

—Sí —contestó Michel despreocupadamente—, ¡todos somos así en el Boulevard des Italiens!

Barbicane estrechó gravemente la mano de su amistoso compañero, y continuó enumerando las pocas ventajas reservadas a los habitantes del lado visible.

Entre otras cosas, citó la observación de los eclipses solares, que sólo se producen en este lado del disco lunar, ya que la Luna debe estar en oposición para que se produzcan. Estos eclipses, provocados por la interposición de la Tierra entre la Luna y el Sol, pueden durar dos horas durante las cuales, debido a los rayos refractados por su atmósfera, el globo terrestre debe aparecer sólo como una mancha negra sobre el Sol.

—Así que —dijo Nicholl— aquí hay un hemisferio, este hemisferio invisible, que está muy mal repartido, muy desgraciado por la naturaleza.

—Sí —respondió Barbicane—, pero no todo. En efecto, por un cierto movimiento de libración, por una cierta oscilación sobre su centro, la Luna presenta a la Tierra un poco más de la mitad de su disco. Es como un péndulo cuyo centro de gravedad se traslada al globo terráqueo y que oscila regularmente. ¿De dónde viene esta oscilación? Del hecho de que su movimiento de rotación sobre su eje está animado por una velocidad uniforme, mientras que su movimiento de traslación siguiendo una órbita elíptica alrededor de la Tierra no lo está. En el perigeo, prevalece la velocidad de traslación y la Luna muestra una cierta porción de su borde occidental. En el apogeo, la velocidad de rotación prevalece y aparece un trozo del borde oriental. Se trata de un huso de unos ocho grados que aparece unas veces en el oeste y otras en el este. El resultado es que, de mil partes, la Luna revela quinientas sesenta y nueve.

—No importa —respondió Miguel—, si alguna vez nos convertimos en selenitas, viviremos en el lado visible. ¡Me encanta la luz!

—Sin embargo, a menos que —replicó Nicholl— la atmósfera se haya condensado en el otro lado, como afirman algunos astrónomos.

—Eso es una opinión —contestó simplemente Michel.

Sin embargo, cuando terminó el almuerzo, los observadores habían vuelto a sus puestos. Intentaron ver a través de los oscuros ojos de buey, apagando toda la luz del proyectil. Pero ni un átomo de luz pudo penetrar en la oscuridad.

Un hecho inexplicable preocupaba a Barbicane. ¿Cómo, habiendo pasado a una distancia tan cercana de la Luna —unos cincuenta kilómetros— el proyectil no había caído allí? Si su velocidad hubiera sido enorme, sería comprensible que no se hubiera producido la caída. Pero con una velocidad relativamente baja, esta resistencia a la atracción lunar ya no podía explicarse. ¿El proyectil estaba sometido a una influencia extraña? ¿Algún organismo lo retuvo en el éter? Ahora era evidente que no llegaría a ningún punto de la Luna. ¿A dónde iba? ¿Se alejaba o se acercaba al disco? ¿Se estaba dejando llevar en esa noche profunda por el infinito? ¿Cómo se puede saber, cómo se puede calcular en medio de esta oscuridad? Todas estas cuestiones preocupaban a Barbicane, pero no podía resolverlas.

En efecto, la estrella invisible estaba allí, tal vez, sólo a unas leguas, a unas millas de distancia, pero ni él ni sus compañeros podían verla. Si había algún sonido en su superficie, no podían oírlo. Faltaba el aire, ese vehículo del sonido, para transmitirles los gemidos de la Luna, que las leyendas árabes designan como "¡un hombre ya medio petrificado pero todavía palpitante!"

Esto fue suficiente para irritar a los observadores más pacientes, uno estaría de acuerdo. ¡Era precisamente este hemisferio desconocido el que se ocultaba a sus ojos! Este rostro que, quince días antes o quince días después, había estado o estaría espléndidamente iluminado por los rayos del sol, se perdía ahora en una oscuridad absoluta. Dentro de quince días, ¿dónde estaría el proyectil? ¿A dónde lo habrían llevado los peligros de las atracciones? ¿Quién podría decirlo?

Se admite generalmente, según las observaciones selenográficas, que el hemisferio invisible de la Luna es, por su constitución, absolutamente similar a su hemisferio visible. De hecho, aproximadamente la séptima parte se descubre en esos movimientos de libración de los que hablaba Barbicane. Ahora, en estos husos vislumbrados, no eran más que llanuras y montañas, circos y cráteres, análogos a los ya anotados en los mapas. Por lo tanto, se podría suponer la misma naturaleza, el mismo mundo, árido y muerto. Sin embargo, ¿y si la atmósfera se ha refugiado en este lado?... ¿y si, junto con el aire, el agua ha dado vida a estos continentes regenerados? ¿y si la vegetación aún persiste allí? ¿y si los animales pueblan estos continentes y mares? ¿y si el hombre, en estas condiciones de habitabilidad, sigue viviendo allí... ¡Qué preguntas habría sido interesante resolver! ¡Qué soluciones se habrían extraído de la contemplación de este hemisferio! ¡Qué placer habría sido contemplar un mundo que el ojo humano nunca ha vislumbrado!

Se comprende, pues, el disgusto que sentían los viajeros en medio de esta noche oscura. Se prohibió toda observación del disco lunar. Sólo las constelaciones atraían su mirada, y hay que reconocer que ni los Faye, ni los Chacornac, ni los astrónomos Secchi se habían encontrado nunca en condiciones tan favorables para observarlas.

En efecto, nada podía igualar el esplendor de este mundo sideral bañado en el límpido éter. Estos diamantes incrustados en la bóveda celeste arrojaron luces soberbias. La mirada abarcaba el firmamento desde la Cruz del Sur hasta la Estrella del Norte, esas dos constelaciones que, dentro de doce mil años, como consecuencia de la precesión de los equinoccios, cederán su papel de estrellas polares, una a Canopus, del hemisferio sur, la otra a Vega, del hemisferio norte. La imaginación se perdía en esta sublime infinidad, en medio de la cual gravitaba el proyectil, como una nueva estrella creada por la mano de los hombres. Por un efecto natural, estas constelaciones brillaban con un suave resplandor; no centelleaban, pues faltaba la atmósfera que, por la interposición de sus capas desigualmente densas y diversamente húmedas, produce el centelleo. Estas estrellas eran ojos suaves que miraban en la noche profunda, en medio del silencio absoluto del espacio.

Durante mucho tiempo los viajeros, mudos, observaron el firmamento constelado, en el que la vasta pantalla de la Luna formaba un enorme agujero negro. Pero al final una sensación dolorosa les arrancó de su contemplación. Hacía un frío intenso, que pronto cubrió los cristales de los ojos de buey con una gruesa capa de hielo. El sol ya no calentaba el proyectil con sus rayos directos, y poco a poco iba perdiendo el calor almacenado entre sus paredes. Este calor, por radiación, se había evaporado rápidamente en el espacio, y se había producido un considerable descenso de la temperatura. La humedad interior se convirtió en hielo al entrar en contacto con las ventanas, e impidió cualquier observación.

Nicholl, consultando el termómetro, vio que había bajado a diecisiete grados centígrados bajo cero. Así que, a pesar de todas las razones para ser ahorrativo, Barbicane, después de haber pedido al gas su luz, tuvo que pedirle también su calor. La baja temperatura del balón ya no era soportable. Sus invitados habrían sido congelados vivos.

—¡No nos quejaremos, observó Michel Ardan, de la monotonía de nuestro viaje! ¡Qué diversidad, al menos en la temperatura! A veces estamos cegados por la luz y saturados de calor, como los indios de la Pampa; a veces estamos sumidos en una profunda oscuridad, en medio de un frío boreal, ¡como los esquimales del Polo! ¡No, de verdad! No tenemos derecho a quejarnos, y la naturaleza hace las cosas bien en nuestro honor.

—Pero —preguntó Nicholl—, ¿qué temperatura hay fuera?

—Precisamente la de los espacios planetarios —respondió Barbicane.

—Entonces —dijo Michel Ardan—, ¿no sería una oportunidad para hacer ese experimento que no pudimos intentar, cuando nos ahogamos en los rayos del sol?

—Es ahora o nunca —contestó Barbicane—, pues estamos en condiciones de verificar la temperatura del espacio y de comprobar si los cálculos de Fourier o de Pouillet son correctos.

—En cualquier caso, ¡hace frío! Ved la humedad interior condensándose en el cristal de los ojos de buey. Si la caída continúa, el vapor de nuestro aliento caerá como nieve a nuestro alrededor.

—Preparemos un termómetro —dijo Barbicane.

Está claro que un termómetro ordinario no habría dado ningún resultado en las circunstancias en las que este instrumento iba a ser expuesto. El mercurio se habría congelado en la cubeta, ya que su liquidez no se mantiene a cuarenta y dos grados bajo cero. Pero Barbicane se había provisto de un termómetro de vertido, del sistema Walferdin, que da unos mínimos de temperatura excesivamente bajos.

Antes de comenzar el experimento, se comparó este instrumento con un termómetro ordinario, y Barbicane se preparó para utilizarlo.

—¿Cómo lo haremos?, preguntó Nicholl.

—Nada es más fácil —respondió Michel Ardan, que nunca se avergonzó. El ojo de buey se abre rápidamente; el instrumento se lanza; sigue el proyectil con una docilidad ejemplar; un cuarto de hora después, se retira…

—¿Con la mano? —preguntó Barbicane.

—Con la mano —respondió Miguel.

—Bueno, amigo mío, no te expongas a ello —replicó Barbicane—, pues la mano que sacarías no sería más que un muñón congelado y deformado por estos espantosos fríos.

—¡De verdad!

Sentirías una terrible quemadura, como la que causaría un hierro candente; pues tanto si el calor sale de nuestra carne de repente, como si entra en ella, es lo mismo. Además, no estoy seguro de que los objetos lanzados por nosotros fuera del proyectil sigan acompañándonos.

—¿Por qué?

—Esto se debe a que, si atravesamos una atmósfera, por escasa que sea, estos objetos se retrasarán. Y la oscuridad nos impide comprobar si siguen flotando a nuestro alrededor. Así que, para no exponernos a perder el termómetro, lo ataremos y lo llevaremos dentro más fácilmente.

Se siguió el consejo de Barbicane. A través del ojo de buey, que se abrió rápidamente, Nicholl lanzó el instrumento, que estaba sujeto por una cuerda muy corta, para poder retirarlo rápidamente. El ojo de buey sólo se había entreabierto durante un segundo y, sin embargo, ese segundo había sido suficiente para que un frío violento penetrara en el interior del proyectil.

—¡Mil demonios!, gritó Michel Ardan, ¡hace tanto frío como para congelar a los osos polares!

Barbicane esperó a que transcurriera media hora, tiempo más que suficiente para que el instrumento descendiera a la temperatura del espacio. Después de este tiempo, se retiró rápidamente el termómetro.

Barbicane calculó la cantidad de mercurio vertida en la pequeña ampolla soldada a la parte inferior del instrumento, y dijo:

—¡Ciento cuarenta grados centígrados bajo cero!

M. Pouillet tenía razón frente a Fourier. Así era la espantosa temperatura del espacio sideral. Tal es, quizás, la temperatura de los continentes lunares, cuando el astro de las noches ha perdido por radiación todo el calor que quince días de sol han vertido en él.

CAPÍTULO XV

Hipérbole o parábola

Quizás sea sorprendente ver a Barbicane y a sus compañeros tan poco preocupados por el futuro que les esperaba en esa prisión de metal llevada al éter infinito. En lugar de preguntarse hacia dónde van, se dedicaron a experimentar, como si estuvieran sentados tranquilamente en su estudio.

Se podría responder que los hombres tan empapados estaban por encima de esas preocupaciones, que no se preocupaban por tan poco y que tenían otras cosas que hacer que preocuparse por su futuro destino.

Lo cierto es que no eran dueños de su proyectil, que no podían detener su avance ni modificar su dirección. Un marinero puede cambiar el rumbo de su barco a voluntad; un aeronauta puede dar a su globo movimientos verticales. Ellos, en cambio, no tenían ningún control sobre su vehículo. Cualquier maniobra les estaba prohibida. De ahí esa voluntad de dejar que las cosas pasen, de "dejar correr", según la expresión marítima.

¿Dónde estaban en ese momento, a las ocho de la mañana, durante el día que en la Tierra se llamaba 6 de diciembre? Seguramente en las proximidades de la Luna, e incluso lo suficientemente cerca como para que les parezca una inmensa pantalla negra extendida en el firmamento. En cuanto a la distancia que los separaba, era imposible evaluarla. El proyectil, sostenido por fuerzas inexplicables, había rozado el polo norte del satélite a menos de cincuenta kilómetros. Pero en las dos horas transcurridas desde que entró en el cono de sombra, ¿había aumentado

143

o disminuido esta distancia? No había ningún punto de referencia para estimar ni la dirección ni la velocidad del proyectil. Tal vez se estaba alejando rápidamente del disco, por lo que pronto saldría de la pura sombra. Tal vez, por el contrario, se estaba acercando tanto que en poco tiempo habría chocado con algún pico alto del hemisferio invisible, lo que habría puesto fin al viaje, sin duda en detrimento de los viajeros.

Se produjo una discusión sobre este tema, y Michel Ardan, siempre rico en explicaciones, expresó la opinión de que el proyectil, retenido por la atracción lunar, acabaría cayendo allí como cae un aerolito en la superficie de la tierra.

—En primer lugar, mi camarada, respondió Barbicane, todos los aerolitos no caen sobre la Tierra; solo unos pocos. Por lo tanto, del hecho de que hubiéramos pasado al estado de aerolito, no se desprendería que tuviéramos que alcanzar necesariamente la superficie de la Luna.

—Sin embargo —respondió Michel—, si nos acercamos lo suficiente...

—Error —respondió Barbicane—. ¿No has visto estrellas fugaces que surcan el cielo por miles a ciertas horas?

—Sí.

—Bueno, estas estrellas, o más bien estos corpúsculos, sólo brillan a condición de que se calienten deslizándose por las capas atmosféricas. Ahora bien, si atraviesan la atmósfera, pasan a menos de dieciséis leguas del globo terráqueo y, sin embargo, rara vez caen allí. Lo mismo ocurre con nuestro proyectil. Puede acercarse mucho a la Luna y, sin embargo, no caer en ella.

—Pero entonces —preguntó Michel— tendría mucha curiosidad por saber cómo se comportará nuestro vehículo errante en el espacio.

—Sólo veo dos hipótesis —respondió Barbicane tras unos instantes de reflexión.

—¿Cuáles?

—El proyectil puede elegir entre dos curvas matemáticas, y seguirá una u otra, dependiendo de la velocidad con la que se impulse, que no puedo evaluar en este momento.

—Sí —dice Nicholl—, irá según una parábola o una hipérbola.

—Sin duda —respondió Barbicane—. Con cierta velocidad tomará la parábola, y la hipérbola con una velocidad más considerable.

—Me gustan estas grandes palabras —exclamó Michel Ardan—. Uno sabe enseguida lo que quieren decir. ¿Y cuál es su parábola, por favor?

—Amigo mío —respondió el capitán—, la parábola es una curva de segundo orden que resulta de la sección de un cono cortado por un plano, paralelo a uno de sus lados.

—¡Ah! ah! —dijo Miguel en tono de satisfacción.

—Es la misma trayectoria que la de una bomba de mortero, dijo Nicholl.

—Perfecto. ¿Y la hipérbola?, preguntó Michel.

—La hipérbola, Michel, es una curva de segundo orden, producida por la intersección de una superficie cónica y un plano paralelo a su eje, y que constituye dos ramas separadas entre sí y que se extienden indefinidamente en ambas direcciones.

—¿Es posible? —exclamó Michel Ardan, en el tono más serio, como si le hubieran informado de un acontecimiento grave. Así que recuerde esto, Capitán Nicholl. Lo que me gusta de tu definición de hipérbola —iba a decir hiperbroma— es que resulta aún menos clara que la palabra que pretendes definir.

A Nicholl y Barbicane les importaban poco las bromas de Michel Ardan. Estaban inmersos en una discusión científica. Lo que les fascinaba era la curva que seguiría el proyectil. Uno se aferró a la hipérbola, el otro a la parábola. Se dieron razones plagadas de *equis*. Sus argumentos fueron presentados en un lenguaje que hizo saltar a Michel. La discusión fue animada, y ninguno de los contrincantes quiso sacrificar su curva preferida por el otro.

Esta disputa científica, al prolongarse, acaba con la paciencia de Michel, que dice:

—¡Vaya, señores de los cosenos! ¿Quieren dejar de lanzarse parábolas e hipérboles a la cabeza? Quiero saber lo único interesante en este asunto. Seguiremos una u otra de sus curvas. Eso está bien. Pero, ¿a dónde nos llevarán?

—A ninguna parte —contestó Nicholl.

—¡Cómo, a ninguna parte!

—Por supuesto —dijo Barbicane—. Son curvas no cerradas, que se extienden hasta el infinito.

—¡Ah, sabios! —exclamó Miguel—, ¡os llevo clavados en el corazón! ¡Qué nos importa la parábola o la hipérbole, mientras ambas nos lleven por igual al infinito en el espacio!

Barbicane y Nicholl no pudieron evitar sonreír. Acababan de hacer "arte por el arte". Nunca se había tratado una cuestión más ociosa en un momento más inoportuno. La terrible verdad era que el proyectil, arrastrado hiperbólica o parabólicamente, no volvería a encontrarse ni con la Tierra ni con la Luna.

Pero, ¿qué ocurriría con estos audaces viajeros en un futuro muy cercano? Si no morían de hambre, si no morían de sed, dentro de unos días, cuando se acabara el gas, habrían muerto por falta de aire, si es que el frío no los hubiera matado antes.

Sin embargo, por muy importante que fuera el ahorro de gas, la temperatura ambiente excesivamente baja les obligó a consumir parte de él. Estrictamente hablando, podían prescindir de su luz, no de su calor. Afortunadamente, el calefactor desarrollado por los aparatos de Reiset y Regnaut elevaba un poco la temperatura interior del proyectil y, sin grandes consumos, podía mantenerse en un grado soportable.

Sin embargo, la observación a través de los ojos de buey se había vuelto muy difícil. La humedad del interior del proyectil se condensó en las ventanas y se congeló inmediatamente. Esta opacidad del vidrio tuvo que ser eliminada por el frotamiento repetido. Sin embargo, se pudieron observar algunos fenómenos de gran interés.

Porque, si este disco invisible tuviera una atmósfera, ¿no veríamos estrellas fugaces cruzándolo en sus trayectorias? Si el propio proyectil atravesara estas capas de fluido, ¿no podríamos oír algún ruido que se reflejara en los ecos lunares: los estruendos de una tormenta, por ejemplo, el choque de una avalancha, las detonaciones de un volcán activo? Y si alguna montaña ígnea estuviera tachonada de rayos, ¿no reconoceríamos los intensos destellos? Tales hechos, cuidadosamente comprobados, habrían dilucidado singularmente esta oscura cuestión de la constitución lunar. Barbicane y Nicholl, apostados en su ojo de buey como astrónomos, observaron con escrupulosa paciencia.

Pero hasta entonces, el disco permaneció silencioso y oscuro. No respondió a las numerosas preguntas que le plantearon estas mentes ardientes.

Esto provocó la reflexión de Michel, bastante acertada en apariencia:

—Si volvemos a hacer este viaje, haremos bien en elegir el momento en que la Luna sea nueva.

—Sin duda —respondió Nicholl—, esta circunstancia sería más favorable. Estoy de acuerdo en que la Luna, ahogada en los rayos del sol, no sería visible durante el viaje, pero, en cambio, la Tierra sería visible y estaría llena. Además, si fuéramos arrastrados alrededor de la Luna, como está ocurriendo en este momento, ¡tendríamos al menos la ventaja de ver su disco invisible bellamente iluminado!

—Bien dicho, Nicholl —respondió Michel Ardan—. ¿Qué opinas, Barbicane?

—Pienso esto —contestó el grave presidente—: si volvemos a hacer este viaje, partiremos a la misma hora y en las mismas condiciones. Supongamos que hubiéramos llegado a nuestra meta, ¿no habría sido mejor encontrar continentes a plena luz en lugar de un país sumido en una noche oscura? ¿No habría sido nuestra primera instalación en mejores circunstancias? Sí, por supuesto. En cuanto a este lado invisible, lo habríamos visitado durante nuestros viajes de reconocimiento sobre el globo lunar. Así que, afortunadamente, se eligió este momento de la Luna llena. Pero era necesario llegar a la meta, y para llegar a ella, no desviarse de su curso.

—A esto, nada que responder —dijo Michel Ardan—. ¡Pero he aquí una gran oportunidad perdida para observar la otra cara de la luna! ¿Quién sabe si los habitantes de los otros planetas no están más avanzados que los científicos de la Tierra en materia de sus satélites?

A este comentario de Michel Ardan se le podría haber dado la siguiente respuesta: sí, otros satélites, por su mayor proximidad, han facilitado su estudio. Los habitantes de Saturno, Júpiter y Urano, si es que existen, han podido establecer comunicaciones más fáciles con sus lunas. Los cuatro satélites de Júpiter gravitan a una distancia de ciento ocho mil doscientas sesenta leguas, ciento setenta y dos mil doscientas leguas, doscientas setenta y cuatro mil setecientas leguas y cuatrocientas ochenta mil ciento treinta leguas respectivmente. Pero estas distancias se cuentan desde el centro del planeta, y, restando la longitud del radio, que es de diecisiete a dieciocho mil leguas, vemos que el primer satélite está menos distante de la superficie de Júpiter que la Luna de la superficie de la Tierra. De las ocho lunas de Saturno, cuatro están también más cerca; Diana está a ochenta y cuatro mil seiscientas leguas, Tetis a sesenta y dos mil novecientas sesenta y seis leguas; Encélado a cuarenta y ocho mil ciento noventa y una leguas, y finalmente Mimas a una distancia media de sólo treinta y cuatro mil quinientas leguas. De los ocho satélites de Urano, el primero, Ariel, está a sólo cincuenta y una mil quinientas veinte leguas del planeta.

Por lo tanto, en la superficie de estas tres estrellas, un experimento similar al del presidente Barbicane habría presentado menos dificultades. Por lo tanto, si sus habitantes han intentado la aventura, tal vez hayan reconocido la constitución de la mitad de este disco, que su satélite oculta eternamente a sus ojos [Herschel, en efecto, ha observado que, para los satélites, el movimiento de rotación sobre su eje es siempre igual al movimiento de revolución alrededor del planeta. En consecuencia, siempre presentan la misma cara ante ella. Sólo el mundo de Urano ofrece una diferencia bastante marcada: los movimientos de sus lunas son casi perpendiculares al plano de la órbita, y la dirección de sus movimientos es retrógrada, es decir, sus satélites se mueven en sentido contrario a los demás astros del mundo solar]. Pero si nunca han salido de su planeta, no están más avanzados que los astrónomos de la Tierra.

Sin embargo, el proyectil describía en las sombras esta incalculable trayectoria que ningún punto de referencia permitía anotar. ¿Había cambiado su dirección, ya sea por la influencia de la atracción lunar o por la acción de un astro desconocido? Barbicane no pudo decirlo. Pero se había producido un cambio en la posición relativa del vehículo, y Barbicane lo notó hacia las cuatro de la mañana.

Este cambio consistía en que la base del proyectil había girado hacia la superficie de la Luna y se mantenía a lo largo de una perpendicular que pasaba por su eje. La atracción, es decir, la gravedad, había provocado este cambio. La parte más pesada del proyectil se inclinó hacia el disco invisible, exactamente como si hubiera caído hacia él.

¿Se estaba cayendo? ¿Llegarán los viajeros por fin a su ansiada meta? No. Y la observación de un punto de referencia, bastante inexplicable en cualquier caso, demostró a Barbicane que su proyectil no se acercaba a la Luna, y que se movía a lo largo de una curva más o menos concéntrica.

Este punto de referencia era un destello brillante que Nicholl señaló de repente en el borde del horizonte formado por el disco negro. Este punto no podría confundirse con una estrella. Se trataba de una incandescencia rojiza que crecía poco a poco, prueba incontestable de que el proyectil se dirigía hacia él y no caía normalmente sobre la superficie de la estrella.

—¡Un volcán! ¡Es un volcán activo!, gritó Nicholl, ¡una efusión de los fuegos internos de la luna! Así que este mundo aún no se ha extinguido del todo.

—Sí, una erupción —respondió Barbicane, que estudiaba atentamente el fenómeno con su catalejo—. ¿Qué sería en realidad si no fuera un volcán?

—Pero entonces —dijo Michel Ardan—, para mantener esta combustión es necesario el aire. Así que una atmósfera envuelve esta parte de la Luna.

—Quizás —respondió Barbicane—, pero no necesariamente. El volcán, por la descomposición de ciertos materiales, puede abastecerse de oxígeno y así lanzar llamas al vacío. Incluso me parece que esta deflagración tiene la intensidad y el brillo de los objetos cuya combustión se produce en el oxígeno puro. No nos apresuremos, pues, a afirmar la existencia de una atmósfera lunar.

La montaña ígnea debió estar situada alrededor del cuadragésimo quinto grado de latitud sur de la parte invisible del disco. Pero, para gran disgusto de Barbicane, la curva que describió el proyectil lo alejó del punto indicado por la erupción. Por lo tanto, no pudo determinar su naturaleza con mayor exactitud. Media hora después de ser señalado, este punto luminoso desapareció tras el oscuro horizonte. Sin embargo, la observación de este fenómeno fue un hecho considerable en los estudios selenográficos. Demostró que todo el calor no había desaparecido aún de las entrañas de este globo, y donde existe el calor, ¿quién puede afirmar que el reino vegetal, que el propio reino animal, no ha resistido hasta ahora las influencias destructivas? La existencia de este volcán en erupción, incuestionablemente reconocida por los científicos de la Tierra, habría dado lugar sin duda a muchas teorías favorables a esta grave cuestión de la habitabilidad de la Luna.

Barbicane se dejó llevar por sus reflexiones. Se olvidó de sí mismo en una muda ensoñación en la que se movían los misteriosos destinos del mundo lunar. Intentaba relacionar los hechos que había observado hasta entonces, cuando un nuevo incidente le devolvió repentinamente a la realidad.

Este incidente era más que un fenómeno cósmico, era un peligro amenazante con consecuencias potencialmente desastrosas.

De repente, en medio del éter, en aquella profunda oscuridad, había aparecido una enorme masa. Era como una luna, pero una luna resplandeciente, y de un brillo tanto más insoportable cuanto que destacaba de forma tan nítida contra la brutal oscuridad del espacio. Esta masa, de forma circular, arrojaba tal luz que llenaba el proyectil. Las figuras de Barbicane, Nicholl y Michel Ardan, bañadas violentamente en estas manchas blancas, adquirieron ese aspecto espectral, lívido y pálido que los físicos producen con la luz artificial del alcohol impregnado de sal.

—¡Mil demonios!, gritó Michel Ardan, ¡estoy horrorizado! ¿Qué es esta desafortunada luna?

—Un bólido —respondió Barbicane.

—¿Un coche en llamas, en el vacío?

—Sí.

Este globo de fuego era efectivamente un bólido. Barbicane no se equivocó. Pero si estos meteoros cósmicos observados desde la Tierra generalmente sólo presentan una luz ligeramente inferior a la de la Luna, aquí, en este éter oscuro, brillaban. Estos cuerpos errantes llevan en su interior el principio de su incandescencia. El aire ambiente no es necesario para su deflagración. Y, en efecto, si algunos de estos bólidos atraviesan las capas atmosféricas a dos o tres leguas de la Tierra, otros, por el contrario, describen su trayectoria a una distancia a la que la atmósfera no podría extenderse. Tales son los bólidos, uno del 27 de octubre de 1844, que apareció a una altura de ciento veintiocho leguas, el otro de agosto de 1841, que desapareció a una distancia de ciento ochenta y dos leguas. Algunos de estos meteoros tienen de tres a cuatro kilómetros de ancho, y poseen una velocidad de hasta setenta y cinco kilómetros por segundo, [La velocidad media del movimiento de la Tierra, a lo largo de la eclíptica, es de sólo treinta kilómetros por segundo] en dirección opuesta al movimiento de la Tierra.

Este globo giratorio, que apareció repentinamente en las sombras a una distancia de al menos cien leguas, debía tener, según la estimación de Barbicane, dos mil metros de diámetro. Avanzaba con una velocidad de unos dos kilómetros por segundo, o treinta leguas por minuto. Cortó la trayectoria del proyectil y debería alcanzarlo en unos minutos. A medida que se acercaba, aumentaba enormemente su tamaño.

Imaginemos, si podemos, la situación de los viajeros. Es imposible describirlo. A pesar de su valor, de su compostura, de su despreocupación ante el peligro, estaban mudos, inmóviles, con los miembros crispados, presos de un miedo feroz. Su proyectil, que no pudieron desviar, se dirigió directamente a esta masa ígnea, más intensa que la boca abierta de una farola. Parecía precipitarse hacia un abismo de fuego.

Barbicane había cogido de la mano a sus dos compañeros, y los tres miraban a través de sus párpados semicerrados aquel asteroide de color blanco. Si el pensamiento no había sido destruido en ellos, si sus cerebros aún funcionaban en medio de su terror, debían creerse perdidos.

Dos minutos después de la súbita aparición del bólido, ¡dos siglos de angustia! el proyectil parecía estar a punto de alcanzarle, cuando el globo de fuego estalló como una bomba, pero sin hacer ningún ruido en medio de este vacío donde el sonido, que no es más que una agitación de las capas de aire, no podía producirse.

Nicholl había dejado escapar un grito. Él y sus compañeros se habían abalanzado sobre los cristales de las ventanas. ¡Qué espectáculo! ¿Qué pluma podría representarla, qué paleta podría ser lo suficientemente rica en colores para reproducir su magnificencia?

Fue como el florecimiento de un cráter, como la dispersión de un inmenso fuego. Miles de fragmentos luminosos se encendieron y salpicaron el espacio con sus fuegos. Todos los tamaños, todos los colores, todos mezclados. Eran radiaciones amarillas, amarillentas, rojas, verdes, grises, una corona de fuegos artificiales multicolor. Del enorme y temible globo, no quedaron más que estos trozos arrastrados en todas direcciones, convirtiéndose a su vez en asteroides, algunos flameantes como una espada, otros rodeados de una nube blanquecina, otros dejando tras de sí brillantes estelas de polvo cósmico.

Estos bloques brillantes se entrecruzaron, chocaron y se dispersaron en fragmentos más pequeños, algunos de los cuales golpearon el proyectil. Su ventanilla izquierda estaba incluso agrietada por un violento impacto. Parecía flotar en medio de una lluvia de proyectiles, el más pequeño de los cuales podía aniquilarlo en un instante.

La luz que saturaba el éter se desarrollaba con una intensidad incomparable, pues estos asteroides la dispersaban en todas direcciones. En un momento dado, la luz era tan intensa que Michel, atrayendo a Barbicane y Nicholl hacia su ventana, gritó:

—¡La Luna invisible, por fin visible!

Y los tres, a través de un efluvio luminoso de unos segundos, vislumbraron aquel misterioso disco que el ojo humano veía por primera vez.

¿Qué vieron a esa distancia que no pudieron evaluar? Unas bandas alargadas en el disco, verdaderas nubes formadas en un medio atmosférico muy restringido, de las que surgieron no sólo todas las montañas, sino también los relieves de mediocre importancia, esos circos, esos cráteres abiertos caprichosamente dispuestos, tal como existen en la superficie visible. Luego, espacios inmensos, ya no llanuras áridas, sino verdaderos mares, océanos ampliamente distribuidos, que reflejaban en su espejo líquido toda esa magia deslumbrante de los fuegos del espacio. Finalmente, en la superficie de los continentes, vastas masas oscuras, como las que aparecerían en inmensos bosques bajo la rápida iluminación de un rayo…

¿Era una ilusión, un error de los ojos, un engaño de la óptica? ¿Podrían dar una afirmación científica a esta observación tan superficialmente obtenida? ¿Se atreverían a pronunciarse sobre la cuestión de su habitabilidad, después de una visión tan tenue del disco invisible?

Pero las fulguraciones del espacio se debilitaron gradualmente; su brillo accidental disminuyó; los asteroides huyeron por diversas trayectorias y se apagaron en la distancia. El éter recuperó por fin su oscuridad habitual; las estrellas, por un momento eclipsadas, brillaron en el firmamento, y el disco, apenas vislumbrado, volvió a perderse en la impenetrable noche.

CAPÍTULO XVI

El hemisferio sur

El proyectil acababa de escapar de un terrible peligro, un peligro muy imprevisto. ¿Quién hubiera imaginado una reunión de bólidos así? Estos cuerpos errantes podrían causar graves peligros a los viajeros. Eran para ellos como muchos arrecifes sembrados en este mar etéreo, del que, menos afortunados que los navegantes, no podían escapar. Pero, ¿se quejaron estos aventureros del espacio? No, ya que la naturaleza les había regalado el espléndido espectáculo de un meteoro cósmico estallando en una tremenda expansión, ya que este incomparable espectáculo pirotécnico, que ningún Ruggieri podría imitar, había iluminado durante unos segundos el nimbo invisible de la Luna. En este rápido despeje, les habían aparecido continentes, mares y bosques. ¿Acaso la atmósfera aportaba sus moléculas vivificantes a este rostro desconocido? Son preguntas todavía irresolubles, eternamente planteadas a la curiosidad humana.

Eran ya las tres y media de la tarde. El proyectil se movía en su dirección curvilínea alrededor de la Luna. ¿Había sido alterada su trayectoria una vez más por el meteorito? Era de temer. Sin embargo, el proyectil debe haber descrito una curva imperturbablemente determinada por las leyes de la mecánica racional. Barbicane se inclinó por creer que esta curva sería una parábola y no una hipérbola. Sin embargo, una vez aceptada esta parábola, la bola debería haber salido con bastante rapidez del cono de sombra proyectado en el espacio frente al Sol. Este cono es efectivamente muy estrecho, tan pequeño es el diámetro angu-

155

lar de la Luna comparado con el diámetro del Sol. Hasta ahora, el proyectil ha estado flotando en esta profunda sombra. Sea cual sea su velocidad —y no podía ser mediocre—, su periodo de ocultación continuó. Esto era un hecho obvio, pero quizás no debería haberlo sido en el caso supuesto de una trayectoria estrictamente parabólica. Se trataba de un nuevo problema que atormentaba el cerebro de Barbicane, que estaba realmente aprisionado en un círculo de incógnitas que no podía despejar.

Ninguno de los viajeros pensó en tomarse un momento de descanso. Cada uno estaba al acecho de algún hecho inesperado que arrojara una nueva luz sobre los estudios uranográficos. Hacia las cinco, Michel Ardan distribuyó, bajo el nombre de cena, algunos trozos de pan y carne fría, que fueron rápidamente absorbidos, sin que nadie abandonara su ojo de buey, cuyo cristal estaba incesantemente encostrado por la condensación de los vapores.

A eso de las cinco y cinco minutos de la tarde, Nicholl, armado con su telescopio, señaló, hacia el borde meridional de la Luna y en la dirección que seguía el proyectil, unos puntos brillantes que destacaban sobre la pantalla oscura del cielo. Parecían una sucesión de picos afilados, que se asomaban como una línea temblorosa. Se iluminaron bastante. Tal es el lineamiento terminal de la Luna, cuando aparece en uno de sus octantes.

No hay que equivocarse. Ya no era un simple meteoro, cuyo borde luminoso no tenía ni el color ni la movilidad. Tampoco era un volcán en erupción. Así que Barbicane no dudó en dar su opinión.

—El Sol, gritó.

—¡Qué! ¡el Sol!, replicaron Nicholl y Michel Ardan.

—Sí, amigos míos, es la propia estrella radiante la que ilumina la cima de estas montañas situadas en el borde sur de la Luna. Obviamente, nos estamos acercando al Polo Sur.

—Después de pasar por el Polo Norte —respondió Michel—. ¡Así que hemos dado la vuelta a nuestro satélite!

—Sí, mi buen Michel.

—Así que se acabaron las hipérbolas, las parábolas y las curvas abiertas de las que preocuparse.

—No, sino una curva cerrada.

—Que se llama…

—Una elipse. En lugar de perderse en el espacio interplanetario, es probable que el proyectil describa una órbita elíptica alrededor de la Luna.

—¡La verdad es que sí!

—Y que se convertirá en su satélite.

—¡Luna de la Luna! —gritó Michel Ardan.

—Sólo le señalo, mi digno amigo —replicó Barbicane—, que no estaremos menos perdidos por ello.

—Sí, pero de una manera diferente y mucho más agradable —respondió el despreocupado francés con su más amable sonrisa.

El presidente Barbicane tenía razón. Al describir una órbita elíptica, el proyectil probablemente orbitaría la Luna para siempre, como un subsatélite. Era una nueva estrella añadida al mundo solar, un microcosmos poblado por tres habitantes a los que la falta de aire pronto mataría. Por lo tanto, Barbicane no podía alegrarse de esta situación definitiva, impuesta al proyectil por la doble influencia de las fuerzas centrípetas y centrífugas. Él y sus compañeros volverían a ver la cara iluminada del disco lunar. Tal vez su existencia se prolongue lo suficiente como para que puedan ver por última vez la Tierra llena y magníficamente iluminada por los rayos del Sol. Tal vez puedan dar un último adiós al globo que no volverán a ver. Entonces su proyectil no sería más que una masa extinta y muerta, similar a esos asteroides inertes que circulan por el éter. El único consuelo para ellos era salir por fin de esta insondable oscuridad, volver a la luz, entrar en las zonas bañadas por la radiación solar.

Sin embargo, las montañas, reconocidas por Barbicane, emergían cada vez más de la masa oscura. Se trata de las montañas

Doerfel y Leibnitz, que delimitan la región circumpolar de la Luna hacia el sur.

Todas las montañas del hemisferio visible se han medido con perfecta precisión. Uno puede sorprenderse de esta perfección, y sin embargo estos métodos hipsométricos son rigurosos. Incluso puede decirse que la altitud de las montañas de la Luna no está determinada con menos precisión que la de las montañas de la Tierra.

El método más utilizado consiste en medir la sombra proyectada por las montañas, teniendo en cuenta la altura del Sol en el momento de la observación. Esta medición se obtiene fácilmente mediante un telescopio dotado de un retículo con dos hilos paralelos, suponiendo que se conoce exactamente el diámetro real del disco lunar. Este método también permite calcular la profundidad de los cráteres y las cavidades de la Luna. Galileo lo utilizó y, desde entonces, los señores Beer y Moedler lo han empleado con el mayor éxito.

Otro método, denominado método de los rayos tangentes, también puede aplicarse a la medición de los relieves lunares. Se aplica en el momento en que las montañas forman puntos luminosos desprendidos de la línea de separación de la sombra y la luz, que brillan en la parte oscura del disco. Estos puntos de luz son producidos por rayos solares mayores que los que determinan el límite de fase. Por lo tanto, la medición del intervalo oscuro que queda entre el punto luminoso y la parte luminosa de la fase más cercana da exactamente la altura de este punto. Pero, a nuestro entender, este procedimiento sólo puede aplicarse a las montañas que están cerca de la línea de separación de la luz y la sombra.

Un tercer método consistiría en medir el perfil de las montañas lunares sobre el fondo mediante el micrómetro; pero esto sólo es aplicable a las alturas cercanas al borde de la estrella.

En cualquier caso, hay que tener en cuenta que esta medición de sombras, intervalos o perfiles, sólo puede realizarse cuando los rayos solares inciden en la Luna de forma oblicua con respecto al observador. Cuando la golpean directamente, en una palabra, cuando está llena, todas las sombras se alejan imperiosamente de su disco, y la observación ya no es posible.

Galileo fue el primero en reconocer la existencia de las montañas lunares y utilizó el método de las sombras para calcular su altura. Les atribuyó, como ya se ha dicho, una media de cuatro mil quinientos toesas. Hevelius rebajó singularmente estas cifras, que Riccioli por el contrario duplicó. Estas medidas fueron exageradas en ambos lados. Herschel, armado con instrumentos mejorados, se acercó a la verdad hipsométrica. Pero finalmente debemos buscarlo en los informes de los observadores modernos.

Los señores Beer y Moedler, los selenógrafos más perfectos del mundo, han medido mil noventa y cinco montañas lunares. De sus cálculos se deduce que seis de estas montañas se elevan por encima de los cinco mil ochocientos metros, y veintidós por encima de los cuatro mil ochocientos. El pico más alto de la Luna tiene siete mil seiscientos tres metros; es, por tanto, más bajo que los de la Tierra, algunos de los cuales lo superan en cinco o seiscientos toesas. Pero hay que hacer una observación. Si las comparamos con los volúmenes respectivos de los dos astros, las montañas lunares son relativamente más altas que las terrestres. Los primeros forman la cuadragésima parte del diámetro de la Luna, y los segundos sólo la cuadragésima parte del diámetro de la Tierra. Para que una montaña terrestre alcance las proporciones relativas de una montaña lunar, su altitud perpendicular tendría que medir seis leguas y media. Pero el más alto no tiene nueve kilómetros de altura.

Así, por comparación, la cordillera del Himalaya tiene tres picos más altos que las cumbres lunares: el monte Everest, de ocho mil ochocientos treinta y siete metros de altura, el Kunchinjuga, de ocho mil quinientos ochenta y ocho metros, y el Dwalagiri, de ocho mil ciento ochenta y siete metros. Los montes Doerfel y Leibnitz de la Luna tienen la misma altura que el Jewahir de la misma cordillera, con siete mil seiscientos tres metros. Newton, Casatus, Curtius, Short, Tycho, Clavius, Blancanus, Endimion, los principales picos del Cáucaso y los Apeninos, son más altos que el Monte Blanco, que mide cuatro mil ochocientos diez metros. A la altura del Monte Blanco están: Moret, Theophylus, Catharnia; al Monte Rosa, cuatro mil seiscientos treinta y seis metros: Piccolomini, Werner, Harpalus; hasta el Cervino, de cuatro mil quinientos veintidós metros de altura: Macrobe, Eratóstenes, Albateque, Delambre; en el pico de Tenerife, a tres mil setecientos diez metros de altura: Bacon, Cysatus, Phitolaus y los picos de los Alpes; en el Monte Perdido en los Pirineos, tres mil trescientos cincuenta y un metros: Roemer y Boguslawski; en el Monte Etna, de tres mil doscientos treinta y siete metros de altura: Hércules, Atlas, Furnerius.

Estos son los puntos de comparación que nos permiten apreciar la altura de las montañas lunares. La trayectoria seguida por el proyectil lo llevó a esta región montañosa del hemisferio sur, donde se encuentran las más bellas muestras de la orografía lunar.

CAPÍTULO XVII

Tycho

A las seis de la tarde, el proyectil pasó por el Polo Sur, a menos de sesenta kilómetros. Esta distancia era igual a la que se había acercado al Polo Norte. La curva elíptica quedó así rigurosamente dibujada.

En ese momento, los viajeros entraban en el efluvio benéfico de los rayos del sol. Volvieron a ver las estrellas moviéndose lentamente de este a oeste. La radiante estrella fue recibida con un triple hurra. Con su luz, enviaba su calor, que pronto traspasó las paredes de metal. Las ventanas recuperaron su transparencia habitual. Su capa de hielo se derritió como por arte de magia. Inmediatamente, por razones de economía, se cortó el gas. Sólo la unidad de aire tuvo que consumir su cantidad habitual.

—¡Ah!, dijo Nicholl, ¡estos rayos de calor son buenos! ¡Con qué impaciencia, después de una noche tan larga, los selenitas deben esperar la reaparición de la estrella del día!

—Sí —respondió Michel Ardan, oliendo, por así decirlo, ese éter brillante, luz y calor—, ¡toda la vida está ahí!

En ese momento, la base del proyectil tendía a desviarse ligeramente de la superficie lunar, para seguir una órbita elíptica bastante alargada. Desde este punto, si la Tierra hubiera estado llena, Barbicane y sus compañeros podrían haberla visto de nuevo. Pero, ahogada en la irradiación del Sol, permaneció absolutamente invisible. Otro espectáculo debía atraer su atención, el presentado por la región meridional de la Luna, aproximado por los catalejos a media legua. No dejaron los ojos de buey y anotaron todos los detalles de este extraño continente.

Los montes Doerfel y Leibnitz forman dos grupos separados que se extienden aproximadamente hasta el Polo Sur. El primer grupo se extiende desde el polo hasta el paralelo ochenta y cuatro, en la parte oriental de la estrella; el segundo, dibujado en el borde oriental, va desde el grado sesenta y cinco de latitud hasta el polo.

En su cresta caprichosamente contorneada aparecieron deslumbrantes manchas, como las que había relatado el padre Secchi. Con más certeza que el ilustre astrónomo romano, Barbicane fue capaz de reconocer su naturaleza.

—Son nieves, gritó.

—¿Nieves? —repitió Nicholl.

—Sí, Nicholl, de las nieves cuya superficie está profundamente congelada. Observa cómo refleja los rayos de luz. La lava enfriada no daría un reflejo tan intenso. Así que hay agua, así que hay aire en la Luna. Todo lo poco que quieras, pero el hecho no puede ser discutido.

¡No, no puede ser! Y si Barbicane vuelve a ver la Tierra, sus notas darán testimonio de este importante hecho en las observaciones selenográficas.

Estos montes Doerfel y Leibnitz se alzaban en medio de llanuras de extensión mediocre, delimitadas por una sucesión indefinida de circos y murallas anulares. Estas dos cadenas son las únicas que se encuentran en la región del circo. Relativamente desiguales, proyectan aquí y allá unos cuantos picos afilados cuya cima más alta mide siete mil seiscientos tres metros.

Pero el proyectil lo dominaba todo y el relieve desaparecía en el intenso resplandor del disco. A los ojos de los viajeros reapareció ese aspecto arcaico de los paisajes lunares, crudos de tono, sin degradación de color, sin matices de sombra, brutalmente blancos y negros, pues carecían de la luz difusa. Sin embargo, la visión de este mundo desolado no dejó de cautivarles por su propia extrañeza. Caminaron por encima de esta caótica región, como si hubieran sido arrastrados por el soplo de un huracán, viendo pasar las cumbres bajo sus pies, buscando en las cavidades con la mirada, descendiendo por los surcos, trepando por las murallas, sondeando estos misteriosos agujeros, nivelando todas estas rupturas. Pero no había ni rastro de vegetación, ni apariencia de ciudades; nada más que estratificaciones, coladas de lava, efluvios pulidos como inmensos espejos que reflejaban los rayos del sol con un brillo insoportable. Nada de un mundo vivo, todo de un mundo muerto, donde las avalanchas, rodando desde las cimas de las montañas, se hundían sin ruido hasta el fondo de los abismos. Tenían movimiento, pero les faltaba ruido.

Barbicane comprobó, mediante repetidas observaciones, que los relieves de los bordes del disco, aunque sometidos a fuerzas diferentes de las de la región central, presentaban una conformación uniforme. La misma agregación circular, las mismas proyecciones del suelo. Sin embargo, se podría pensar que sus disposiciones no debían ser análogas. En el centro, en efecto, la corteza aún maleable de la Luna estaba sometida a la doble atracción de la Luna y de la Tierra, que actuaban en direcciones opuestas a lo largo de un radio que se extendía de una a otra. Por el contrario, en los bordes del disco, la atracción lunar ha sido casi perpendicular a la terrestre. Parece que el relieve del suelo producido en estas dos condiciones debería haber tomado una forma diferente. Sin embargo, no fue así. Por lo tanto, la Luna había encontrado en sí misma el principio de su formación y constitución. No debía nada a las fuerzas externas. Esto justificó la notable proposición de Arago: Ninguna acción externa a la Luna ha contribuido a la producción de su relieve.

En cualquier caso y en su estado actual, este mundo era la imagen de la muerte, sin que pueda decirse que la vida lo haya animado nunca.

Michel Ardan, sin embargo, creyó reconocer un grupo de ruinas, que puso en conocimiento de Barbicane. Fue alrededor del paralelo ochenta y treinta grados de longitud. Este montón de piedras, dispuestas con bastante regularidad, representaba una vasta fortaleza, que dominaba uno de esos largos surcos que antiguamente servían de lecho a los ríos de la prehistoria. No muy lejos se alzaba, a una altura de cinco mil seiscientos cuarenta y seis metros, la montaña anular de Corto, equivalente al Cáucaso asiático. Michel Ardan, con su ardor habitual, mantuvo la "evidencia" de su fortaleza. Abajo, vio las murallas desmanteladas de una ciudad; aquí, el arco aún intacto de un pórtico; allí, dos o tres columnas que yacían bajo su base; más allá, una sucesión de arcos que debían sostener los canales de un acueducto; en otro lugar, los pilares derrumbados de un gigantesco puente, encajados en el espesor del surco. Pudo ver todo esto, pero con tanta imaginación en sus ojos, a través de un telescopio tan fantasioso, que hay que desconfiar de su observación. Y, sin embargo, ¿quién podría decir, ¿quién se atrevería a decir que el amable muchacho no vio realmente lo que sus dos compañeros no querían ver?

Los momentos eran demasiado valiosos para sacrificarlos a una discusión ociosa. La ciudad selenita, supuesta o no, ya había desaparecido en la distancia. La distancia del proyectil al disco lunar tendía a aumentar, y los detalles del suelo empezaron a perderse en una mezcla confusa. Sólo las formas del terreno, los cráteres, las llanuras, resistían y mostraban claramente sus líneas terminales.

En ese momento, uno de los más bellos circos de la orografía lunar, una de las curiosidades de este continente, era visible a la izquierda. Era Newton, a quien Barbicane reconoció sin dificultad, al referirse al *Mappa Selenographica*.

Newton está exactamente a 77° de latitud sur y 16° de longitud este. Forma un cráter anular, cuyas murallas, de siete mil doscientos sesenta y cuatro metros de altura, parecían infranqueables.

Barbicane comentó a sus compañeros que la altura de esta montaña sobre la llanura circundante estaba lejos de igualar la profundidad de su cráter. Este enorme agujero estaba más allá de toda medida, y formaba un oscuro abismo cuyo fondo los rayos del sol nunca pueden alcanzar. Allí, según la observación de Humboldt, reina una oscuridad absoluta que la luz del Sol y de la Tierra no puede romper. Los mitólogos lo habrían convertido, con razón, en la boca de su infierno.

—Newton, dice Barbicane, es el tipo más perfecto de esas montañas anulares de las que la Tierra no tiene ninguna muestra. Demuestran que la formación de la Luna, por enfriamiento, se debe a causas violentas, porque, mientras que, bajo el empuje de los fuegos interiores, los relieves se proyectaron a alturas considerables, el fondo se retiró y se hundió muy por debajo del nivel lunar.

—No digo que no —respondió Michel Ardan.

Pocos minutos después de pasar por Newton, el proyectil se encontraba directamente sobre la montaña anular de Moret. Bordeó los picos de Blancanus a cierta distancia, y a eso de las siete y media de la tarde llegó al circo de Clavius.

Este circo, uno de los más notables del disco, está situado a 58° de latitud sur y 15° de longitud este. Su altura se estima en siete mil noventa y un metros. Los viajeros, a cuatrocientos kilómetros de distancia, reducidos a cuatro por las gafas, pudieron admirar la totalidad de este inmenso cráter.

—Los volcanes terrestres, dice Barbicane, no son más que moles, comparados con los volcanes de la Luna. Midiendo los antiguos cráteres formados por las primeras erupciones del Vesubio y del Etna, encontramos que apenas tienen seis mil metros de ancho. En Francia, el circo de Cantal tiene diez kilómetros de longitud; en Ceiland, el circo de la isla, setenta kilómetros, y se considera el más grande del planeta. ¿Cuáles son estos diámetros en comparación con el circo de Clavius por el que actualmente pasamos?

—¿Qué anchura tiene? —preguntó Nicholl.

—Son doscientos veintisiete kilómetros —respondió Barbicane—. Este circo, es cierto, es el más grande de la Luna; pero muchos otros miden doscientos, ciento cincuenta, ¡cien kilómetros!

—¡Ah, amigos míos! —exclamó Miguel—, ¡imaginad lo que debió de ser este apacible astro de la noche, cuando estos cráteres, llenándose de truenos, vomitaron a la vez torrentes de lava, granizos de piedra, nubes de humo y láminas de llamas! ¡Qué espectáculo tan prodigioso entonces, y ahora qué decadencia! Esta Luna es ahora sólo la escasa carcasa de unos fuegos artificiales cuyos petardos, cohetes, serpentinas y soles, tras su soberbio brillo, sólo han dejado tristes jirones de cartón. ¿Quién podría decir la causa, la razón, la justificación de estos cataclismos?

Barbicane no escuchaba a Michel Ardan. Contemplaba estas murallas de Clavius, formadas por grandes montañas de varias leguas de espesor. En el fondo de la inmensa cavidad había un centenar de pequeños cráteres extinguidos que atravesaban el suelo como una espumadera, y que estaban dominados por un pico de cinco mil metros de altura.

Alrededor, la llanura tenía un aspecto desolado. No había nada tan árido como los paisajes, nada tan triste como las ruinas de las montañas y, si se puede expresar así, como los trozos de picos y montañas que ensuciaban el suelo. El satélite parecía haber estallado en este lugar.

El proyectil seguía avanzando, y este caos no cambiaba. Los circos, los cráteres, las montañas que se desmoronan, se suceden sin cesar. No más llanuras, no más mares. Una Suiza interminable, una Noruega interminable. Por último, en el centro de esta región hendida, en su punto más alto, la montaña más espléndida del disco lunar, el deslumbrante Tycho, al que la posteridad conservará siempre el nombre del ilustre astrónomo de Dinamarca.

Al observar la Luna llena, en un cielo sin nubes, no hay nadie que no se haya fijado en este punto brillante del hemisferio sur. Michel Ardan, para describirlo, empleó todas las metáforas que su imaginación podía proporcionar. Para él, este Tycho era un foco ardiente de luz, un centro de irradiación, un cráter que arrojaba rayos. Era el eje de una rueda resplandeciente, una arteria que rodeaba el disco con sus tentáculos de plata, un inmenso ojo lleno de llamas, un nimbo cortado por la cabeza de Plutón. Era como una estrella lanzada por la mano del Creador, que se hubiera estrellado contra la cara lunar.

Tycho forma una concentración de luz tal que los habitantes de la Tierra pueden verla sin telescopio, aunque estén a cien mil leguas de distancia. Imagínese lo intenso que debió ser para los observadores que se encontraban a sólo ciento cincuenta leguas de distancia. A través de este éter puro su resplandor era tan insoportable que Barbicane y sus amigos tuvieron que ennegrecer los oculares de sus catalejos con humo de gas, para poder soportar el resplandor. Luego, mudos, apenas pronunciando algunas interjecciones de admiración, miraron, contemplaron. Todos sus sentimientos, todas sus impresiones se concentraban en sus ojos, como la vida que, bajo una emoción violenta, se concentra por completo en el corazón.

Tycho pertenece al sistema de montañas radiantes, como Aristarco y Copérnico. Pero de todas, la más completa, la más acentuada, atestigua irrefutablemente esa espantosa acción volcánica a la que se debe la formación de la Luna.

Tycho se encuentra a 43° de latitud sur y 12° de longitud este. Su centro está ocupado por un cráter de ochenta y siete kilómetros de ancho. Tiene una forma algo elíptica y está encerrada en un anillo de murallas que, al este y al oeste, dominan la llanura exterior hasta una altura de cinco mil metros. Se trata de un conjunto de Montañas Blancas, dispuestas alrededor de un centro común, y coronadas por una cabellera radiante.

Lo que es esta montaña incomparable, el conjunto de los relieves que convergen hacia ella, las extensiones interiores de su cráter, la fotografía misma nunca ha podido rendirlos. De hecho, es en plenilunio donde Tycho se muestra en todo su esplendor. Sin embargo, faltan las sombras, han desaparecido los atajos de la perspectiva y las huellas son blancas. Es una circunstancia desafortunada, porque esta extraña región habría sido curiosa de reproducir con precisión fotográfica. No es más que una aglomeración de agujeros, cráteres, circos, un vertiginoso cruce de crestas; luego, hasta donde alcanza la vista, toda una red volcánica arrojada sobre este suelo pustuloso. Es comprensible que las burbujas de la erupción central hayan conservado su forma original. Cristalizados por el enfriamiento, han estereotipado el aspecto que la Luna presentaba antaño bajo la influencia de las fuerzas plutonianas.

La distancia que separaba a los viajeros de los picos de los anillos de Tycho no era tan grande como para no poder observar los detalles principales. En el mismo terraplén que forma la circunvalación de Tycho, las montañas, aferradas a los lados de las laderas interiores y exteriores, se elevaban como gigantescas terrazas. Parecían estar trescientos o cuatrocientos pies más altos en el oeste que en el este. Ningún sistema de castración terrestre era comparable a esta fortificación natural. Una ciudad construida en el fondo de la cavidad circular habría sido absolutamente inaccesible.

¡Inaccesible y maravillosamente extendida en este terreno escarpado con salientes pintorescos! La naturaleza no había dejado el fondo de este cráter plano y vacío. Tenía su propia orografía especial, un sistema montañoso que la hacía como un mundo aparte. Los viajeros pudieron distinguir claramente conos, colinas centrales, notables movimientos de tierra, naturalmente dispuestos para recibir las obras maestras de la arquitectura selenita. Aquí estaba el emplazamiento de un templo, aquí el de un foro, en este lugar los cimientos de un palacio, en otro la meseta de una ciudadela. Todo ello dominado por una montaña central de quinientos pies. Un vasto circuito, ¡donde la antigua Roma habría cabido entera diez veces!

—¡Ah! —exclamó Michel Ardan, entusiasmado por la vista—, ¡qué gran ciudad se construiría en este anillo de montañas! ¡Una ciudad tranquila, un refugio pacífico, situado fuera de toda miseria humana! ¡Qué tranquilos y aislados vivirían allí todos esos misántropos, todos esos que odian a la humanidad, todos los que están asqueados de la vida social!

—¿Todos ellos? Sería demasiado pequeño para ellos, se limitó a decir Barbicane.

CAPÍTULO XVIII

Problemas graves

Sin embargo, el proyectil había pasado más allá del recinto de Tycho. Barbicane y sus dos amigos observaron entonces con la más escrupulosa atención esas brillantes líneas que la famosa montaña esparce tan curiosamente en todos los horizontes.

¿Qué era ese halo radiante? ¿Qué fenómeno geológico había creado esta cabellera ardiente? Esta cuestión preocupaba, con razón, a Barbicane.

Ante sus ojos, en efecto, se extendían en todas direcciones surcos luminosos de bordes elevados y centro cóncavo, algunos de veinte kilómetros de ancho, otros de cincuenta. Estas rayas brillantes se extendían en algunos lugares hasta trescientas leguas de Tycho, y parecían cubrir, especialmente hacia el este, noreste y norte, la mitad del hemisferio sur. Uno de sus chorros se extendía hasta el circo de Neander, situado en el cuadragésimo meridiano. Otro iba, redondeando, a surcar el mar del Néctar, y a romper contra la cadena de los Pirineos, tras un recorrido de cuatrocientas leguas. Otros, hacia el oeste, cubrían con una red luminosa el Mar de las Nubes y el Mar de los Humores.

¿Cuál era el origen de estos rayos centelleantes que aparecían tanto en las llanuras como en los relieves, sea cual sea su altura? Todos partieron de un centro común, el cráter de Tycho. Emanan de él. Herschel atribuyó su aspecto brillante a antiguas corrientes de lava congeladas por el frío, opinión que no ha sido adoptada. Otros astrónomos vieron en estas líneas inexplicables una especie de morrena, hileras de bloques erráticos, que habrían sido arrojados en el momento de la formación de Tycho.

—¿Y por qué no? —preguntó Nicholl a Barbicane, que relataba estas diversas opiniones y las rechazaba.

—Porque la regularidad de estas líneas de luz, y la violencia necesaria para transportar materiales volcánicos a tales distancias, son inexplicables.

—¡Y por Dios! —replicó Michel Ardan—, me parece fácil explicar el origen de estos rayos.

—¿De verdad? —dijo Barbicane.

—De verdad —continuó Michel—. Basta con decir que se trata de un inmenso estallido de estrellas, similar al producido por el impacto de una bala o una piedra sobre un cristal.

—¡Bien! —respondió Barbicane, sonriendo. ¿Y qué mano habría sido lo suficientemente fuerte como para lanzar la piedra que provocó semejante impacto?

—La mano no es necesaria —contestó Miguel, que no tenía reparos—, y en cuanto a la piedra, admitamos que es un cometa.

—¡Ah, los cometas! —exclamó Barbicane—, ¡se abusa de ellos! Mi buen Michel, tu explicación no es mala, pero tu cometa es inútil. El choque que produjo esta ruptura puede provenir del interior de la estrella. Una violenta contracción de la corteza lunar, bajo la retirada del enfriamiento, podría haber sido suficiente para producir este gigantesco estallido de estrellas.

—Pase una concentración, algo así como un cólico lunar —respondió Michel Ardan.

—Además —añadió Barbicane—, esta opinión es la de un científico inglés, Nasmyth, y me parece que explica suficientemente la radiación de estas montañas.

—¡Este Nasmyth no es ningún tonto!

Durante mucho tiempo los viajeros, a los que semejante espectáculo no podía cansar, admiraron los esplendores de Tycho. Su proyectil, impregnado de efluvios luminosos, en esta doble irradiación del Sol y la Luna, debió parecer como un globo incandescente. De este modo, habían pasado repentinamente de un frío considerable a un calor intenso. La naturaleza los estaba preparando para convertirse en selenitas.

¡Convertirse en selenitas! Esta idea volvió a plantear la cuestión de la habitabilidad de la Luna. Después de lo que habían visto, ¿podrían los viajeros resolverlo? ¿Podrían concluir a favor o en contra? Michel Ardan provocó a sus dos amigos para que formularan su opinión, y les preguntó rotundamente si creían que la animalidad y la humanidad estaban representadas en el mundo lunar.

—Creo que podemos responder, dijo Barbicane; pero, en mi opinión, la pregunta no debería formularse de esta forma. Pido que lo digan de otra manera.

—Como gustes —respondió Michel.

—Aquí está —dijo Barbicane—. El problema es doble y requiere una solución doble. ¿Es habitable la Luna? ¿Ha estado habitada la Luna?

—Bien —respondió Nicholl—. Averigüemos primero si la Luna es habitable.

—A decir verdad, no lo sé —respondió Michel.

—Y yo respondo negativamente —dijo Barbicane—. En su estado actual, con su envoltura atmosférica ciertamente muy reducida, sus mares en su mayor parte secos, su agua insuficiente, su vegetación restringida, sus alternancias repentinas de calor y frío, sus noches y días de trescientas cincuenta y cuatro horas, la Luna no me parece habitable, y no me parece propicia para el desarrollo del reino animal, ni suficiente para las necesidades de la existencia, tal como la entendemos.

—De acuerdo —respondió Nicholl—. Pero, ¿no es la Luna habitable para seres organizados de forma diferente a nosotros?

—A esta pregunta, replicó Barbicane, es más difícil responder. No obstante, lo intentaré, pero preguntaré a Nicholl si *el movimiento* le parece el resultado necesario de la vida, sea cual sea su organización.

JULIO VERNE

—Sin duda —respondió Nicholl.

—Bueno, mi digno compañero, le responderé que observamos los continentes lunares a una distancia de quinientos metros como máximo, y que nada nos pareció que se moviera en la superficie de la Luna. La presencia de cualquier humanidad habría sido delatada por alguna obra de su mano, por construcciones diversas, por ruinas incluso. ¿Pero qué hemos visto? En todas partes y siempre la obra geológica de la naturaleza, nunca la obra del hombre. Si existen representantes del reino animal en la Luna, estarían enterrados en estas insondables cavidades a las que el ojo no puede llegar. Esto no puedo admitirlo, pues habrían dejado huellas de su paso por estas llanuras que deben estar cubiertas por la capa atmosférica, por muy baja que sea. Pero estos rastros no se ven por ninguna parte. Esto sólo deja la hipótesis de una raza de seres vivos a los que el movimiento, que es la vida, les sería ajeno.

—Podrías decir también criaturas vivas que no vivirían —replicó Michel.

—Precisamente —respondió Barbicane—, lo que para nosotros no tiene sentido.

—Entonces podremos formular nuestra opinión, dice Michel.

—Sí —dijo Nicholl.

—Bueno —continuó Michel Ardan—, la Comisión Científica, reunida en el proyectil Gun-Club, después de haber apoyado sus argumentos en los nuevos hechos observados, decide por unanimidad sobre la cuestión de la habitabilidad actual de la luna: no, la luna no es habitable.

Esta decisión fue recogida por el presidente Barbicane en su cuaderno, que contiene el acta de la reunión del 6 de diciembre.

Ahora —dijo Nicholl— abordemos la segunda cuestión, que es un complemento indispensable de la primera. Por lo tanto, preguntaré a la Honorable Comisión: si la Luna no es habitable, ¿ha estado habitada?

—El ciudadano Barbicane tiene la palabra —dijo Michel Ardan.

—Amigos míos —respondió Barbicane—, no he esperado a este viaje para formarme una opinión sobre la habitabilidad pasada de nuestro satélite. Añadiré que nuestras observaciones personales sólo pueden confirmarme en esta opinión. Creo, incluso afirmo que la Luna estuvo habitada por una raza humana organizada como la nuestra, que produjo animales anatómicamente conformados como los animales terrestres, pero añado que estas razas humanas o animales han tenido su momento, y que se han extinguido para siempre.

—Entonces —preguntó Michel—, ¿la Luna es un mundo más antiguo que la Tierra?

—No —respondió Barbicane con convicción—, sino un mundo que ha envejecido más rápidamente, y cuya formación y deformación han sido más rápidas. Relativamente, las fuerzas organizadoras de la materia han sido mucho más violentas en el interior de la Luna que en el interior del globo terrestre. El estado actual de este disco agrietado, atormentado y con ampollas lo demuestra abundantemente. La Luna y la Tierra sólo eran masas gaseosas en su origen. Estos gases pasaron al estado líquido bajo diversas influencias, y la masa sólida se formó posteriormente. Pero lo más seguro es que nuestro esferoide era todavía gaseoso o líquido, cuando la Luna, ya solidificada por el enfriamiento, se hizo habitable.

—Yo también lo creo —dice Nicholl.

—Entonces —continuó Barbicane— una atmósfera la rodeó. Las aguas, contenidas por esta envoltura gaseosa, no podían evaporarse. Bajo la influencia del aire, del agua, de la luz, del calor solar y del calor central, la vegetación se apoderó de los continentes preparados para recibirla, y ciertamente la vida se manifestó alrededor de esta época, pues la naturaleza no se gasta en la inutilidad, y un mundo tan maravillosamente habitable debió necesariamente estar habitado.

—Sin embargo —replicó Nicholl—, hay muchos fenómenos inherentes a los movimientos de nuestro satélite que deben haber impedido la expansión de los reinos vegetal y animal. Estos días y noches de trescientas cincuenta y cuatro horas, por ejemplo…

—En los polos de la Tierra —dice Michel— duran seis meses.

—Este argumento tiene poco valor, ya que los polos no están habitados.

—Nos damos cuenta, amigos míos —continuó Barbicane—, de que si, en el estado actual de la Luna, estas largas noches y días crean diferencias de temperatura insoportables para el organismo, no era así en aquella época de la historia. La atmósfera envolvía el disco con un manto fluido. Los vapores se organizaban en nubes. Esta pantalla natural atemperaba el calor de los rayos solares y contenía la radiación nocturna. Tanto la luz como el calor podían difundirse por el aire. De ahí un equilibrio entre estas influencias que ya no existe, ahora que este ambiente ha desaparecido casi por completo. Por cierto, te voy a sorprender…

—Sorpréndanos —dijo Michel Ardan.

—¡Pero estoy convencido de que en la época en que la Luna estaba habitada, las noches y los días no duraban trescientas cincuenta y cuatro horas!

—¿Y por qué? —preguntó Nicholl con brusquedad.

—Porque, muy probablemente entonces, el movimiento de rotación de la Luna sobre su eje no era igual a su movimiento de revolución, igualdad que presenta cada punto del disco durante quince días a la acción de los rayos solares.

—De acuerdo —replicó Nicholl—, pero ¿por qué no habrían de ser iguales estos dos movimientos, ya que lo son ahora?

—Porque esta igualdad sólo estaba determinada por la atracción de la Tierra. Ahora bien, ¿quién dice que esta atracción tenía el poder suficiente para modificar los movimientos de la Luna, en la época en que la Tierra era todavía sólo líquida?

—Por cierto —replicó Nicholl—, ¿y quién dice que la Luna ha sido siempre el satélite de la Tierra?

—¿Y quién puede decir —exclamó Michel Ardan— que la luna no existía mucho antes que la tierra?

La imaginación se desborda en el infinito campo de las hipótesis. Barbicane trató de contenerlos.

—Son —dice— especulaciones demasiado elevadas, problemas verdaderamente insolubles. No nos involucremos en ellas. Admitamos únicamente la insuficiencia de la atracción primordial, y entonces, por la desigualdad de los dos movimientos de rotación y revolución, los días y las noches podrían haberse sucedido en la Luna como lo hacen en la Tierra. Además, incluso sin estas condiciones, la vida era posible.

—Entonces —preguntó Michel Ardan—, ¿la humanidad ha desaparecido de la luna?

—Sí —respondió Barbicane—, después de haber persistido durante miles de siglos. Entonces, poco a poco, a medida que la atmósfera se enrarecía, el disco se habría vuelto inhabitable, como lo será un día el globo terráqueo, por enfriamiento.

—¿Por el enfriamiento?

—Sin duda —respondió Barbicane. Al apagarse los fuegos interiores, al concentrarse la materia incandescente, la corteza lunar se enfrió. Poco a poco se fueron produciendo las consecuencias de este fenómeno: la desaparición de los seres organizados, la desaparición de la vegetación. Pronto la atmósfera se enrareció, probablemente atraída por la atracción terrestre; el aire respirable desapareció, el agua desapareció por evaporación. En ese momento, la Luna, que se había vuelto inhabitable, ya no estaba habitada. Era un mundo muerto, como nos parece a nosotros hoy.

—¿Y dices que el mismo destino está reservado para la Tierra?

—Lo más probable.

—¿Pero cuándo?

—Cuando el enfriamiento de su corteza lo haga inhabitable.

—¿Y alguien ha calculado cuánto tiempo tardaría nuestro desafortunado esferoide en enfriarse?

—Sin duda.

—¿Y tú conoces estos cálculos?

—Perfectamente.

—Pero habla, científico huraño —gritó Michel Ardan—, porque me haces hervir de impaciencia.

—Bueno, mi buen Michel —respondió Barbicane con calma—, sabemos qué descenso de temperatura experimenta la Tierra en el transcurso de un siglo. Ahora bien, según ciertos cálculos, esta temperatura media se reducirá a cero tras un periodo de cuatrocientos mil años.

—¡Cuatrocientos mil años! —gritó Miguel. ¡Ah, puedo respirar! De verdad, ¡me asusté! Al escucharte, me imaginaba que sólo nos quedaban cincuenta mil años de vida.

Barbicane y Nicholl no pudieron evitar reírse de la preocupación de su compañero. A continuación, Nicholl, que quería concluir, volvió a plantear la segunda cuestión que acababa de tratarse.

—¿Estuvo alguna vez habitada la Luna?, preguntó.

La respuesta fue unánimemente afirmativa.

Pero durante esta discusión, rica en teorías algo azarosas, aunque resumía las ideas generales adquiridas por la ciencia sobre este punto, el proyectil había corrido rápidamente hacia el ecuador lunar, mientras se alejaba constantemente del disco. Había pasado el circo de Willem y el cuadragésimo paralelo a una distancia de ochocientos kilómetros. Luego, dejando a Pitatus a la derecha en el trigésimo grado, extendió el sur de este Mar de las Nubes, a cuyo norte ya se había acercado. Varios circos aparecían confusamente en la brillante blancura de la Luna llena: Bouillaud, Purbach, de forma casi cuadrada con un cráter central, y luego Arzachel, cuya montaña interior brilla con un brillo indefinible.

Por fin, a medida que el proyectil seguía alejándose, los lineamientos se desvanecieron de los ojos de los viajeros, las montañas se desdibujaron en la distancia, y de todo este maravilloso, extraño y estrafalario conjunto del satélite de la Tierra, pronto les quedó sólo el recuerdo imperecedero.

CAPÍTULO XIX

Lucha contra lo imposible

Durante mucho tiempo Barbicane y sus compañeros, mudos y pensativos, contemplaron este mundo, que sólo habían visto de lejos, como Moisés en la tierra de Canaán, y del que se alejaban sin retorno. La posición del proyectil, en relación con la Luna, había cambiado, y ahora su base estaba girada hacia la Tierra.

Este cambio, constatado por Barbicane, no dejó de sorprenderle. Si el proyectil tenía que orbitar el satélite en una órbita elíptica, ¿por qué no le presentaba su parte más pesada, como hace la Luna con la Tierra? Había un punto oscuro aquí.

Al observar la trayectoria del proyectil, se pudo reconocer que seguía una curva similar al alejarse de la Luna que al acercarse a ella. Por tanto, describía una elipse muy alargada, que probablemente se extendería hasta el punto de igual atracción, donde se neutralizan las influencias de la Tierra y su satélite.

Esta fue la conclusión que Barbicane sacó de los hechos observados, convicción que sus dos amigos compartieron con él.

Inmediatamente empezaron a llover las preguntas.

—Y cuando lleguemos a ese punto neutro, ¿qué será de nosotros?, preguntó Michel Ardan.

—¡Es lo desconocido! —respondió Barbicane.

—Pero podemos hacer suposiciones, supongo.

—Dos —respondió Barbicane—. O la velocidad del proyectil será insuficiente, y entonces permanecerá eternamente inmóvil en esta línea de doble atracción…

—Prefiero la otra hipótesis, sea cual sea —respondió Michel.

—O su velocidad será suficiente —continuó Barbicane— y retomará su curso elíptico para orbitar eternamente alrededor de la estrella de las noches.

—No es una rotación muy consoladora —dijo Michel—. ¡Convertirnos en humildes siervos de una luna que estamos acostumbrados a considerar como sierva! Y este es el futuro que nos espera.

Ni Barbicane ni Nicholl respondieron.

—¿Callan?, dijo el impaciente Michel.

—No hay nada que responder —dice Nicholl.

—¿No hay nada que intentar?

—No —dijo Barbicane—. ¿Pretenderías luchar contra lo imposible?

—¿Por qué no? ¿Acaso un francés y dos norteamericanos retrocederían ante semejante palabra?

—¿Pero qué quieres hacer?

—¡Dominar este movimiento que nos lleva!

—¿Dominarlo?

—Sí —continuó Miguel, volviéndose más animado—, para detenerlo o modificarlo, para utilizarlo por fin en la realización de nuestros proyectos.

—¿Y cómo?

—¡Eso es cosa tuya! Si los artilleros no son dueños de sus balas de cañón, ya no son artilleros. Si el proyectil manda al artillero, ¡hay que poner al artillero en el arma! Hermosos científicos, ¡madre mía! Aquí están, sin saber qué hacer, después de haberme inducido…

—¡Inducido! —gritaron Barbicane y Nicholl. ¡Inducido! ¿Qué quieres decir con eso?

—¡Sin recriminaciones! —dijo Michel. No me quejo. ¡Me gusta el paseo! ¡El proyectil me viene bien! Pero hagamos todo lo humanamente posible para aterrizar en algún lugar, no en la Luna.

—No pedimos nada más, mi buen Michel —respondió Barbicane—, pero carecemos de medios.

—¿No podemos cambiar el movimiento del proyectil?

—No.

—¿O reducir su velocidad?

—No.

—¿Ni siquiera aligerándolo como se aligera un barco sobrecargado?

—¡Qué quieres tirar! No tenemos lastre a bordo. Además, me parece que un proyectil más ligero iría más rápido.

—Más despacio —dice Michel.

—Más rápido —respondió Nicholl.

—Ni más rápido ni más lento —respondió Barbicane para poner de acuerdo a sus dos amigos—, porque estamos flotando en el vacío, donde ya no podemos tener en cuenta la gravedad específica.

—Bueno —exclamó Michel Ardan con tono decidido—, sólo hay una cosa que hacer.

—¿Cuál? —preguntó Nicholl.

—¡Almuerzo! —respondió el audaz francés, que siempre daba con esta solución en las circunstancias más difíciles.

En efecto, si esta operación no influía en la dirección del proyectil, podía intentarse sin ningún inconveniente, e incluso con éxito desde el punto de vista del estómago. Michel no tenía más que buenas ideas.

Así que comimos a las dos de la mañana; pero la hora no importaba. Michel sirvió su menú habitual, coronado por una buena botella de su bodega secreta. Si las ideas no brotaban, es que habría fallado el exquisito Chambertin de 1863.

Una vez terminada la comida, comenzaron de nuevo las observaciones.

Alrededor del proyectil, los objetos lanzados se mantenían a una distancia invariable. Evidentemente, el proyectil, en su movimiento de traslación alrededor de la Luna, no había atravesado ninguna atmósfera, pues el peso específico de estos diversos objetos habría modificado su movimiento relativo.

En cuanto al esferoide terrestre, nada que ver. La Tierra sólo contaba un día, habiendo sido nueva la víspera a medianoche, y debían pasar dos días más antes de que su creciente, liberada de los rayos del sol, sirviera de reloj a los selenitas, ya que, en su movimiento de rotación, cada uno de sus puntos vuelve a pasar siempre veinticuatro horas después por el mismo meridiano de la Luna.

En el lado de la Luna, el espectáculo era diferente. La estrella brillaba en todo su esplendor, en medio de innumerables constelaciones cuya pureza sus rayos no podían perturbar. En el disco, las llanuras ya adquirían el tono oscuro que se ve desde la Tierra. El resto del nimbo seguía brillando, y en medio de este brillo general Tycho seguía destacando como un Sol.

Barbicane no pudo apreciar en absoluto la velocidad del proyectil, pero el razonamiento le demostró que esta velocidad debía disminuir uniformemente, según las leyes de la mecánica racional.

En efecto, dado que el proyectil orbitaba alrededor de la Luna, esta órbita sería necesariamente elíptica. La ciencia demuestra que esto debe ser así. Ningún cuerpo móvil que circule alrededor de un cuerpo atrayente incumple esta ley. Todas las órbitas descritas en el espacio son elípticas, las de los satélites alrededor de los planetas, las de los planetas alrededor del Sol, la del Sol alrededor de la estrella desconocida que le sirve de pivote central. ¿Por qué el proyectil del Gun-Club debería escapar a esta disposición natural?

En los orbes elípticos, el cuerpo atrayente siempre ocupa uno de los focos de la elipse. Por tanto, el satélite está en un momento más cerca y en otro más lejos de la estrella alrededor de la cual orbita. Cuando la Tierra está más cerca del Sol, se encuentra en su perihelio, y en su afelio, en su punto más lejano. Si es la Luna, está más cerca de la Tierra en su perigeo, y más lejos en su apogeo. Para utilizar expresiones análogas que enriquecerán el lenguaje de los astrónomos, si el proyectil permanece en estado de satélite de la Luna, debemos decir que está en su "aposelenio" en su punto más lejano, y en su punto más cercano, en su "periselenio".

En el segundo caso, el proyectil debía alcanzar su máxima velocidad; en el primero, la mínima. Ahora, evidentemente, se estaba moviendo hacia su punto aposelénico, y Barbicane tenía razón al pensar que su velocidad disminuiría hasta este punto, y luego volvería a aumentar gradualmente al acercarse a la Luna. Esta velocidad sería absolutamente nula, si este punto se fusionara con el punto de igual atracción.

Barbicane estaba estudiando las consecuencias de estas diversas situaciones, y buscaba qué ventaja podía sacar de ellas, cuando fue interrumpido de repente por un grito de Michel Ardan.

—¡Por Dios!, exclamó Miguel, ¡debemos admitir que no somos más que tontos!

—No digo que no —dijo Barbicane—, pero ¿por qué?

—Porque tenemos una forma muy sencilla de retrasar la velocidad que nos aleja de la Luna, ¡y no la utilizamos!

—¿Y cuál es esa forma?

—Utilizar la fuerza de retroceso contenida en nuestros cohetes.

—Cierto —dijo Nicholl.

—Todavía no hemos utilizado esa fuerza —respondió Barbicane—, es cierto, pero lo haremos.

—¿Cuándo? —preguntó Michel.

—Cuando llegue el momento. Fijaos, amigos, que en la posición que ocupa el proyectil, que sigue siendo oblicuo respecto al disco lunar, nuestros cohetes, modificando su dirección, podrían alejarlo en lugar de acercarlo a la Luna. Ahora, ¿es realmente la Luna lo que quieren alcanzar?

—Esencialmente —respondió Michel.

—Esperen entonces. Por alguna influencia inexplicable, el proyectil tiende a llevar su nariz hacia la Tierra. Es probable que en el punto de igual atracción, su casquete cónico se dirija rigurosamente hacia la Luna. En ese momento, podemos esperar que su velocidad sea cero. Este será el momento de actuar, y bajo el esfuerzo de nuestros cohetes, quizás podamos provocar una caída directa a la superficie del disco lunar.

—¡Bravo! —dijo Michel.

—Esto no lo hicimos, ni lo pudimos hacer en nuestro primer punto muerto, porque el proyectil seguía moviéndose con demasiada velocidad.

—Bien razonado, dice Nicholl.

—Esperemos pacientemente —dijo Barbicane—. Pongamos todas las posibilidades de nuestro lado, y después de haber desesperado tanto, ¡empiezo a creer que alcanzaremos nuestra meta!

Esta conclusión provocó el hip y el hurra de Michel Ardan. Y ninguno de estos locos atrevidos se acordó de la pregunta que ellos mismos habían resuelto en negativo: ¡No! la luna no está habitada. ¡No! ¡La luna probablemente no es habitable! Y, sin embargo, ¡iban a intentar todo para alcanzarla!

Sólo quedaba una pregunta por responder: ¿en qué momento preciso el proyectil habría alcanzado el punto de igual atracción en el que los viajeros estarían jugando un juego de azar?

Para calcular ese tiempo con unos pocos segundos, Barbicane sólo tuvo que consultar sus notas de viaje y anotar las diferentes alturas tomadas en los paralelos lunares. Por lo tanto, el tiempo necesario para recorrer la distancia entre el punto muerto y el Polo Sur debía ser igual a la distancia entre el Polo Norte y el punto muerto. Se anotaron cuidadosamente las horas que representaban los tiempos recorridos, y el cálculo se hizo fácil.

Barbicane comprobó que este punto sería alcanzado por el proyectil a la una de la madrugada de la noche del 7 al 8 de diciembre. Eran ya las tres de la mañana de la noche del 6 al 7 de diciembre. Por lo tanto, si nada perturba su avance, el proyectil alcanzaría el punto deseado en veintidós horas.

Los cohetes habían sido dispuestos originalmente para ralentizar la caída del proyectil en la Luna, y ahora los atrevidos los utilizarían para provocar un efecto absolutamente contrario. En cualquier caso, estaban preparados y no había más que esperar el momento de encenderlos.

—Como no hay nada que hacer, dice Nicholl, hago una propuesta.

—¿Cuál? —preguntó Barbicane.

—Me propongo dormir.

—¡Por ejemplo!, gritó Michel Ardan.

—No hemos cerrado los ojos durante cuarenta horas —dijo Nicholl—. Unas horas de sueño nos devolverán las fuerzas.

—Me opongo —respondió Michel.

—Bueno —dijo Nicholl—, ¡que cada uno haga lo que quiera! Me voy a dormir.

Y estirándose en el sofá, Nicholl no tardó en roncar como una bola de cuarenta y ocho años.

—Ese Nicholl está lleno de sentido común, dijo Barbicane brevemente. Lo imitaré.

Unos instantes después, apoyó al barítono del capitán con su bajo continuo.

—Decididamente, dijo Michel Ardan, cuando se vio solo, esta gente práctica tiene a veces ideas oportunas.

Y, con sus largas piernas estiradas, sus grandes brazos cruzados bajo la cabeza, Michel se durmió a su vez.

Pero este sueño no podía ser ni duradero ni tranquilo. Demasiadas preocupaciones pasaban por la mente de estos tres hombres, y unas horas más tarde, a eso de las siete de la mañana, los tres se pusieron en pie al mismo tiempo.

El proyectil siguió alejándose de la Luna, inclinando su parte cónica cada vez más hacia ella. Un fenómeno inexplicable hasta ahora, pero que afortunadamente servía a los propósitos de Barbicane.

Otras diecisiete horas y habría llegado el momento de actuar.

Parecía un día largo. Atrevidos como eran, los viajeros se sintieron vivamente impresionados por la proximidad de aquel instante que iba a decidirlo todo, o bien su caída hacia la Luna, o bien su enredo eterno en un orbe inmutable. Así contaron las horas, demasiado lentas para su gusto, Barbicane y Nicholl empecinados en sus cálculos, Michel yendo y viniendo entre estos estrechos muros, y contemplando con una mirada ávida esa Luna impasible.

A veces los recuerdos de la Tierra pasaban por sus mentes. Volvieron a ver a sus amigos del Gun-Club, y al más querido de todos, J.-T. Maston. Por el momento, el honorable secretario iba a ser destinado a las Montañas Rocosas. Si viera el proyectil en el espejo de su gigantesco telescopio, ¿qué pensaría? Después de haberlo visto desaparecer detrás del polo sur de la Luna, ¡lo vería reaparecer por el polo norte! ¡Así que era el satélite de un satélite! ¿habría J.-T. lanzado Maston esta inesperada noticia al mundo? ¿Sería esta la conclusión de esta gran empresa?

Sin embargo, el día transcurrió sin incidentes. La medianoche llegó a la Tierra. El 8 de diciembre estaba a punto de comenzar. Una hora más y se alcanzaría el punto de igual atracción. ¿Qué velocidad tendría el proyectil entonces? Era imposible de calcular. Pero ningún error pudo empañar los cálculos de Barbicane. A la una de la madrugada, esta velocidad debería ser y sería cero.

Otro fenómeno marcaría el punto del proyectil en la línea neutral. En este punto, las atracciones terrestres y lunares quedarían anuladas. Los objetos ya no "pesarían". Este hecho singular, que tan curiosamente había sorprendido a Barbicane y a sus compañeros en el viaje de ida, iba a repetirse en el viaje de vuelta en idénticas condiciones. Era en este preciso momento cuando había que actuar.

El capuchón cónico del proyectil ya estaba sustancialmente girado hacia el disco lunar. La bola se presentó de forma que se utilizara todo el retroceso producido por el empuje de los cohetes. Por lo tanto, las probabilidades estaban a favor de los viajeros. Si la velocidad del proyectil se anulara absolutamente en este punto muerto, bastaría un movimiento decidido hacia la Luna, por leve que fuera, para determinar su caída.

—Una hora menos cinco minutos, dice Nicholl.

—Todo está listo —respondió Michel Ardan, dirigiendo una mecha preparada hacia la llama del gas.

—Espera —dijo Barbicane, sosteniendo su cronómetro en la mano.

En ese momento, la gravedad ya no tenía ningún efecto. Los viajeros sintieron en su interior esta completa desaparición. Estaban muy cerca del punto neutro, ¡si no lo tocaban!

—¡Una hora!, dijo Barbicane.

Michel Ardan se acercó a la mecha encendida de un dispositivo que ponía los cohetes en comunicación instantánea. No se oyó ninguna detonación en el interior, donde faltaba el aire. Pero, a través de los ojos de buey, Barbicane vio una mecha prolongada, cuya explosión se apagó inmediatamente.

El proyectil experimentó una cierta sacudida que se notó mucho en su interior.

Los tres amigos miraban y escuchaban sin hablar, casi sin respirar. Se podía oír el latido de sus corazones en medio de este silencio absoluto.

—¿Estamos cayendo?, preguntó por fin Michel Ardan.

—No —replicó Nicholl—, ya que la culata del proyectil no se vuelve hacia el disco lunar.

En ese momento Barbicane, dejando el cristal de los ojos de buey, se volvió hacia sus dos compañeros. Estaba espantosamente pálido, con la frente arrugada y los labios contraídos.

—Estamos cayendo, dijo.

—¡Ah! —exclamó Michel Ardan—, ¿hacia la luna?

—¡Hacia la Tierra! —respondió Barbicane.

—¡Diablos!, gritó Michel Ardan, y añadió filosóficamente: ¡Bueno, cuando nos metimos en esta bola, ya sospechamos que no sería fácil salir!

De hecho, esta espantosa caída estaba comenzando. La velocidad conservada por el proyectil lo había llevado más allá del punto muerto. La explosión de los cohetes no pudo detenerla. Esta velocidad, que en el viaje de ida había llevado al proyectil más allá de la línea neutra, lo seguía llevando en el viaje de vuelta. La física dictaba que, en su órbita elíptica, pasaría por todos los puntos por los que ya había pasado.

Era una caída terrible, desde una altura de setenta y ocho mil leguas, y que ningún resorte puede atenuar. Según las leyes de la balística, el proyectil debería chocar contra la Tierra con una velocidad igual a la que le animaba al salir de la Columbiad, ¡una velocidad de "dieciséis mil metros en el último segundo"!

Y, para dar una cifra de comparación, se ha calculado que un objeto lanzado desde lo alto de las torres de Notre-Dame, cuya altitud es de sólo doscientos pies, llega al pavimento con una velocidad de ciento veinte leguas por hora. En este caso, el proyectil debía chocar con la Tierra con una velocidad de cincuenta y siete mil seiscientas leguas por hora.

—Estamos perdidos, dijo Nicholl con frialdad.

—Bueno, si morimos —respondió Barbicane con una especie de entusiasmo religioso—, el resultado de nuestro viaje se verá magníficamente ampliado. ¡Es su propio secreto el que Dios nos dirá! En la otra vida, el alma no necesitará ni máquinas ni aparatos para saber. Se identificará con la sabiduría eterna.

—Por cierto —contestó Michel Ardan—, ¡todo el otro mundo puede consolarnos por este astro infinitesimal llamado Luna!

Barbicane cruzó los brazos sobre el pecho con un movimiento de sublime resignación.

—¡A la voluntad del cielo!, dijo

CAPÍTULO XX

Los sondeos *del Susquehanna*

—Bueno, teniente, ¿qué pasa con este sondeo?

—Creo, señor, que la operación está a punto de concluir —respondió el teniente Bronsfield—. Pero, ¿quién habría esperado encontrar tal profundidad tan cerca de tierra, a sólo cien leguas de la costa americana?

—De hecho, Bronsfield es una fuerte depresión —dijo el capitán Blomsberry—. En este lugar hay un valle submarino excavado por la corriente de Humboldt, que extiende la costa de América hasta el estrecho de Magallanes.

—Estas grandes profundidades —dijo el teniente— no son muy favorables para el tendido de cables telegráficos. Es mejor tener una meseta plana, como la que soporta el cable americano entre Valentia y Terranova.

—Estoy de acuerdo, Bronsfield. Y, con su permiso, teniente, ¿dónde estamos ahora?

—Señor —contestó Bronsfield—, tenemos en este momento veintiún mil quinientos pies de línea fuera, y la bola que impulsa la sonda no ha tocado aún el fondo, pues la sonda habría subido por sí misma.

—Un ingenioso dispositivo es este Brook —dijo el capitán Blomsberry—. Proporciona sondeos muy precisos.

—¡*Touché*!, gritó en ese momento uno de los timoneles del frente que supervisaba la operación.

El capitán y el teniente fueron al castillo de proa.

—¿A qué profundidad estamos?, preguntó el capitán.

—Veintiún mil setecientos sesenta y dos pies —respondió el teniente, anotando el número en su cuaderno.

—Bueno, Bronsfield —dijo el capitán—, pondré este resultado en mi carta. Ahora trae la sonda a bordo. Es un trabajo de varias horas. Durante este tiempo el ingeniero encenderá sus hornos, y estaremos listos para salir en cuanto hayan terminado. Son las diez de la noche, y con su permiso, teniente, me iré a la cama.

—Por favor, señor, por favor, hágalo, respondió servicialmente el teniente Bronsfield.

El capitán del *Susquehanna,* buen hombre si los hay, el más humilde servidor de sus oficiales, regresó a su camarote, tomó un ponche de brandy que le valió un sinfín de expresiones de satisfacción por parte de su mayordomo, se fue a la cama, no sin antes felicitar a su sirviente por la forma en que hacía las camas, y se sumió en un sueño tranquilo.

Eran ya las diez de la noche. El undécimo día de diciembre estaba a punto de terminar en una noche magnífica.

El *Susquehanna,* una corbeta de quinientos caballos de la Armada de los Estados Unidos, se dedicaba a realizar sondeos en el Pacífico, a unas cien leguas de la costa americana, a través de esa península alargada de la costa de Nuevo México.

El viento se ha ido calmando poco a poco. Ni un solo movimiento en las capas de aire. La llama de la corbeta, inmóvil, inerte, colgaba del mástil del loro.

El capitán Jonathan Blomsberry, primo hermano del coronel Blomsberry, uno de los miembros más fervientes del Gun-Club, que se había casado con una Horschbidden, tía del capitán e hija de un honorable comerciante de Kentucky, no podía desear un tiempo mejor para llevar a cabo sus delicadas operaciones de reconocimiento. Su corbeta ni siquiera había sentido la vasta tormenta que, barriendo las nubes sobre las Montañas Rocosas, iba a observar el progreso del famoso proyectil. Todo iba a su favor, y no se olvidó de agradecer al cielo con el fervor de un presbiteriano.

El objetivo de la serie de sondeos realizados por el *Susquehanna* era identificar los fondos más favorables para el establecimiento de un cable submarino que uniera las islas hawaianas con la costa estadounidense.

Era un vasto proyecto iniciado por una poderosa empresa. Su director, el inteligente Cyrus Field, llegó a pretender cubrir todas las islas de Oceanía con una vasta red eléctrica, una inmensa empresa digna del genio estadounidense.

La corbeta *Susquehanna* fue la encargada de las primeras operaciones de sondeo. Durante la noche del 11 al 12 de diciembre, se encontraba exactamente a 27° 7' de latitud norte, 41° 37' de longitud al oeste del meridiano de Washington [Exactamente 119° 55' de longitud al oeste del meridiano de París].

La Luna, entonces en su último cuarto, empezaba a asomar por encima del horizonte.

Tras la marcha del capitán Blomsberry, el teniente Bronsfield y algunos oficiales se habían reunido en la cubierta. Al aparecer la luna, sus pensamientos se dirigieron a esa estrella que los ojos de todo un hemisferio contemplaban entonces. Las mejores gafas marinas no habrían podido descubrir el proyectil que vagaba por su semiglobo, y sin embargo todos se concentraban en su disco reluciente que millones de ojos contemplaban al mismo tiempo.

—Llevan diez días fuera, dijo el teniente Bronsfield. ¿Qué les ha pasado?

—Ya han llegado, mi teniente —gritó un joven guardiamarina—, y están haciendo lo que hace cualquier viajero que ha llegado a un nuevo país: ¡pasean!

—Lo creo, ya que me lo dices, mi joven amigo —respondió el teniente Bronsfield, sonriendo.

—Sin embargo —dijo otro oficial—, no se puede dudar de su llegada. El proyectil debió chocar con La luna cuando estaba llena, el día 5 a medianoche. Aquí estamos a 11 de diciembre, que son seis días. Ahora, en seis veces veinticuatro horas, sin oscuridad, hay tiempo para ponerse cómodo. Me parece verlos, a nuestros valientes compatriotas, acampados en el fondo de un valle, al borde de un arroyo selenita, cerca del proyectil medio hundido por su caída en medio de los escombros volcánicos, el capitán Nicholl comenzando sus operaciones de nivelación, el presidente Barbicane poniendo en orden sus notas de viaje, Michel Ardan perfumando las soledades lunares con el aroma de su *londrés*…

—¡Sí, debe ser así, es así! —exclamó el joven guardiamarina, entusiasmado por la descripción ideal de su superior.

—Quiero creerlo —respondió el teniente Bronsfield, que no se emocionaba demasiado—. Desgraciadamente, siempre nos faltarán noticias directas del mundo lunar.

—Disculpe, teniente —dijo el guardiamarina—, pero ¿el presidente Barbicane no sabe escribir?

Una carcajada acogió esta respuesta.

—Cartas no, dijo el joven con brío. La administración postal no tiene nada que hacer aquí.

—¿Será entonces por la administración de la línea telegráfica? —preguntó irónicamente uno de los oficiales.

—Tampoco —respondió el guardiamarina, que no se dio por vencido—. Pero es muy fácil establecer una comunicación gráfica con la Tierra.

—¿Y cómo?

—Por medio del telescopio en Long's Peak. Ustedes saben que acerca la Luna a menos de dos leguas de las Montañas Rocosas, y que permite ver en su superficie objetos de nueve pies de diámetro. Pues bien, ¡que nuestros industriosos amigos construyan un alfabeto gigantesco! Que escriban palabras de cien toesas y frases de una legua, ¡y que nos envíen noticias!

El joven guardiamarina fue muy aplaudido por su imaginación. El propio teniente Bronsfield estuvo de acuerdo en que la idea era factible. Añadió que enviando rayos de luz agrupados en haces por medio de espejos parabólicos, también se podrían establecer comunicaciones directas; de hecho, estos rayos serían tan visibles en la superficie de Venus o Marte, como el planeta Neptuno lo es desde la Tierra. Concluyó diciendo que los puntos brillantes ya observados en los planetas cercanos bien podrían ser señales para la Tierra. Pero señaló que si se podían obtener noticias del mundo lunar por este medio, no se podían enviar desde el mundo terrestre, a menos que los selenitas tuvieran a su disposición instrumentos adecuados para hacer observaciones a distancia.

—Evidentemente, respondió uno de los oficiales, pero lo que fue de los viajeros, lo que hicieron, lo que vieron, eso es lo que más debería interesarnos. Además, si el experimento ha tenido éxito, que no lo dudo, se repetirá. El Columbiad sigue incrustado en el suelo de Florida. Así que sólo es cuestión de un proyectil y pólvora, y cada vez que la Luna pase por el cenit, podemos enviarle una carga de visitantes.

—Es obvio —respondió el teniente Bronsfield— que J.-T. Maston un día de estos se unirá a sus amigos.

—Si me quiere —exclamó el guardiamarina—, estoy dispuesto a ir con él.

—¡Oh, no faltarán aficionados! —replicó Bronsfield— y, si les dejamos, la mitad de los habitantes de la Tierra pronto habrán emigrado a la Luna.

Esta conversación entre los oficiales del *Susquehanna* continuó hasta cerca de la una de la mañana. Es imposible describir qué sistemas vertiginosos, qué teorías asombrosas propusieron estas mentes audaces. Desde el intento de Barbicane, parecía que nada era imposible para los estadounidenses. Ya estaban planeando enviar, no una comisión de científicos, sino toda una colonia a las costas selenitas, y todo un ejército con infantería, artillería y caballería, para conquistar el mundo lunar.

A la una de la madrugada, el acarreo de la sonda aún no había terminado. Quedaban tres mil metros en el exterior, lo que aún requería varias horas de trabajo. Siguiendo las órdenes del comandante, las calderas se habían encendido y la presión ya estaba aumentando. El *Susquehanna* podría haber partido en cualquier momento.

En ese momento —era la una y diecisiete minutos de la madrugada— el teniente Bronsfield se disponía a dejar la guardia y regresar a su camarote, cuando su atención fue atraída por un silbido lejano y bastante inesperado.

Él y sus compañeros pensaron en un primer momento que el silbido se producía por una fuga de vapor; pero cuando levantaron la vista pudieron comprobar que el ruido procedía de lo más recóndito del aire.

No habían tenido tiempo de formularse preguntas, cuando este silbido se hizo espantosamente intenso, y de repente, ante sus ojos deslumbrados, apareció un enorme bólido, inflamado por la velocidad de su carrera y por su rozamiento con las capas atmosféricas.

Esta masa ígnea creció ante sus ojos, cayó con el ruido de un trueno sobre el bauprés de la corbeta, que rompió a la altura de la proa, y se hundió en las olas con un rugido ensordecedor.

Unos metros más cerca y el *Susquehanna* se hubiese hundido.

En ese momento apareció el capitán Blomsberry a medio vestir, y corriendo hacia el castillo de proa hacia el que se habían precipitado sus oficiales:

—Con su permiso, señores, ¿qué ha pasado?, preguntó.

Y el guardiamarina, haciéndose eco de todos, gritó:

—¡Comandante, son "ellos" que vuelven!

CAPÍTULO XXI

J.-T. Maston recordó

Las emociones estaban a flor de piel a bordo del *Susquehanna*. Oficiales y marineros olvidaron el terrible peligro que acababan de correr, la posibilidad de ser aplastados y hundidos hasta el fondo. Sólo pensaban en la catástrofe que pondría fin al viaje. Así, la empresa más atrevida de los tiempos antiguos y modernos iba a costar la vida a los audaces aventureros que la intentaron.

"Son 'ellos' que vuelven", había dicho el joven guardiamarina, y todos habían entendido. Nadie dudaba de que este bólido era el proyectil del Club de Armas. En cuanto a los viajeros que contenía, las opiniones estaban divididas en cuanto a su destino.

—Están muertos, dijo uno.

—Están vivos —respondió el otro—. La capa de agua es profunda, y su caída ha sido amortiguada.

—Pero se quedaron sin aire —dijo éste— y debieron morir asfixiados.

—¡Quemados! —respondió este último. El proyectil se convirtió en una masa incandescente al atravesar la atmósfera.

—¡Qué importa!, fue la respuesta unánime. Vivos o muertos, ¡debemos sacarlos de ahí!

El capitán Blomsberry, sin embargo, había reunido a sus oficiales y, con su permiso, celebró un consejo. Se trataba de actuar inmediatamente. Lo más urgente era sacar el proyectil. Era una operación difícil, pero no imposible. Pero la corbeta carecía del equipamiento necesario, que debía ser potente y preciso. Por lo tanto, se decidió llevarla al puerto más cercano y notificar al Gun-Club la caída del proyectil.

Esta decisión se tomó por unanimidad. Había que discutir la elección del puerto. La costa cercana no ofrecía ningún punto de llegada en el grado veintisiete de latitud. Más arriba, sobre la península de Monterrey, estaba la importante ciudad que le dio su nombre. Pero, al estar asentada en el borde de un verdadero desierto, no estaba conectada al interior por un sistema de telégrafo, y sólo la electricidad podía difundir esta importante noticia con la suficiente rapidez.

Unos grados más arriba se abría la bahía de San Francisco. A través de la capital del país del oro, las comunicaciones serían fáciles con el centro de la Unión. En menos de dos días, el *Susquehanna*, forzando la máquina, podría llegar al puerto de San Francisco. Por lo tanto, tuvo que marcharse sin demora.

Las calderas estaban encendidas. Podrían zarpar inmediatamente. Todavía quedaban dos mil brazas de sonda en el fondo. El capitán Blomsberry, no queriendo perder un tiempo precioso en arrastrarla, resolvió cortar el cable.

—Fijaremos el cabo a una boya, dice, y la boya nos mostrará el punto exacto donde cayó el proyectil.

—Por cierto —respondió el teniente Bronsfield—, tenemos nuestra ubicación exacta: 27° 7' de latitud norte y 41° 37' de longitud oeste.

—Bien, señor Bronsfield —contestó el capitán—, y con su permiso que corten el cable.

Una fuerte boya, reforzada además por un acoplamiento de varas, fue lanzada a la superficie del océano. El extremo del cabo estaba firmemente clavado en ella y, sujeto únicamente al vaivén del oleaje, no se esperaba que esta boya fuera a la deriva de forma apreciable.

En ese momento, el maquinista comunicó al capitán que tenía presión y que podían partir. El capitán le agradeció esta excelente comunicación. Luego dio el rumbo al norte-noreste. La corbeta se dirigió hacia la bahía de San Francisco. Eran las tres de la mañana.

Doscientas veinte leguas a recorrer no era mucho para un buque veloz como el *Susquehanna*. En treinta y seis horas había devorado este intervalo, y el 14 de diciembre, a la una hora y veintisiete minutos de la tarde, entró en la bahía de San Francisco.

A la vista de este barco de la marina nacional, que llegaba a gran velocidad, con el bauprés afeitado y el trinquete apuntalado, la curiosidad del público se despertó de forma singular. Pronto se reunió una multitud compacta en los muelles, esperando el desembarco.

Tras fondear, el capitán Blomsberry y el teniente Bronsfield desembarcaron en una canoa con ocho remos, que los llevó rápidamente a tierra.

Saltaron a la plataforma.

—¿El telégrafo?, preguntaban sin responder a las mil preguntas que se les dirigían.

El propio oficial del puerto los condujo a la oficina de telégrafos, en medio de una gran multitud de curiosos.

Blomsberry y Bronsfield entraron en el despacho cuando la multitud atravesó la puerta.

Unos minutos más tarde, se envió un despacho, por cuadruplicado: 1°, al secretario de Marina, Washington; 2°, al vicepresidente del Gun-Club, Baltimore; 3°, al honorable Maston, Long's Peak, Montañas Rocosas; 4°, al subdirector del Observatorio de Cambridge, Massachusetts.

Fue redactado en estos términos:

"A los 20 grados 7 minutos de latitud norte y 41 grados 37 minutos de longitud oeste, este 12 de diciembre, a la una hora y diecisiete minutos de la mañana, un proyectil del Columbiad cayó en el Pacífico. Envíen instrucciones. Blomsberry, Comandante del *Susquehanna*".

Cinco minutos después, toda la ciudad de San Francisco conocía la noticia. Antes de las seis de la tarde, los distintos Estados de la Unión se enteraron de la suprema catástrofe. Después de la medianoche, por cable, toda Europa conocía el resultado del gran intento americano.

No vamos a entrar en el efecto de este inesperado resultado en todo el mundo.

Al recibir el despacho, el secretario de Marina telegrafió al *Susquehanna* para que esperara en la bahía de San Francisco sin apagar sus calderas. Día y noche debía estar listo para navegar.

El Observatorio de Cambridge se reunió en sesión extraordinaria y, con esa serenidad que distingue a los organismos académicos, discutió pacíficamente el punto científico de la cuestión.

En el Gun-Club hubo una verdadera explosión. Todos los artilleros estaban reunidos. Precisamente, el vicepresidente, el honorable Wilcome, estaba leyendo ese precipitado despacho, en el que J.-T. Maston y Belfast anunciaban que el proyectil había sido avistado en el gigantesco reflector de Long's Peak. Maston y Belfast anunciaron que el proyectil había sido visto en el gigantesco reflector de Long's Peak. Esta comunicación también afirmaba que el proyectil, retenido por la atracción de la Luna, actuaba como un subsatélite en el mundo solar.

Ya sabemos la verdad sobre esto.

Sin embargo, a la llegada del despacho de Blomsberry, que contradecía tan formalmente el telegrama de J.-T. Maston, se formaron dos partidos dentro del Gun-Club. Por un lado, el partido de los que admitieron la caída del proyectil, y en consecuencia el regreso de los viajeros. En el otro bando estaban los que, aferrándose a las observaciones de Long's Peak, concluían que el comandante del *Susquehanna* se había equivocado. Para este último, el supuesto proyectil era un bólido, nada más que un bólido, un globo giratorio que, en su caída, había destrozado la parte delantera de la corbeta. No era fácil saber qué decir a este argumento, pues la velocidad con la que había caído debía hacer muy difícil la observación de este móvil. El comandante del *Susquehanna* y sus oficiales podrían ciertamente haberse equivocado de buena fe. Un argumento, sin embargo, jugaba a su favor: era que, si el proyectil había caído sobre la Tierra, su encuentro con el esferoide terrestre sólo podía haber tenido lugar en este vigésimo séptimo grado de latitud norte y, teniendo en cuenta el tiempo transcurrido y el movimiento de rotación de la Tierra, entre los cuarenta y uno y cuarenta y dos grados de longitud oeste.

En cualquier caso, se decidió por unanimidad en el Gun-Club que el hermano Blomsberry, Bilsby y el Mayor Elphiston debían dirigirse sin demora a San Francisco, y estudiar la forma de sacar el proyectil de las profundidades del océano.

Estos abnegados hombres se pusieron en marcha sin perder el ritmo, y el ferrocarril, que pronto cruzaría toda América Central, los llevó a San Luis, donde los esperaban rápidas diligencias.

Casi en el mismo momento en que el secretario de Marina, el vicepresidente del Club de Armas y el subdirector del Observatorio recibieron el despacho de San Francisco, el honorable Maston estaba experimentando la emoción más violenta de toda su vida, una emoción que ni siquiera le había dado el estallido de su famoso cañón, y que casi le cuesta la vida una vez más.

Se recordará que el secretario del Gun-Club se fue unos momentos después del disparo —y casi tan rápido como él— al puesto de Long's Peak, en las Montañas Rocosas. Le acompañó el científico J. Belfast, director del Observatorio de Cambridge. Cuando llegaron a la estación, los dos amigos se habían acomodado someramente y no se separaron de su enorme telescopio.

Se sabe, de hecho, que este gigantesco instrumento se había establecido en las condiciones de los reflectores llamados *front view* por los ingleses. Esta disposición hacía que los objetos se sometieran a un solo reflejo y, en consecuencia, que su visión fuera más clara. Como resultado, J.-T. Maston y Belfast, al observar, se colocaron en la parte superior del instrumento y no en la inferior. Llegaron a él por una escalera de caracol, una obra maestra de ligereza, y debajo de ellos se abrió el pozo metálico que terminaba en el espejo metálico, que tenía doscientos ochenta pies de profundidad.

Fue en la estrecha plataforma sobre el telescopio donde los dos científicos se pasaban su vida, maldiciendo el día que ocultaba la Luna a sus ojos y las nubes que la velaban obstinadamente por la noche.

¡Qué alegría cuando, tras varios días de espera, en la noche del 5 de diciembre, vieron el vehículo que llevaba a sus amigos al espacio! A esta alegría le siguió una profunda decepción cuando, basándose en observaciones incompletas, enviaron su primer telegrama al mundo con la afirmación errónea de que el proyectil era un satélite de la Luna que orbitaba en una órbita inmóvil.

Desde ese momento, el proyectil no se había mostrado a sus ojos, una desaparición tanto más explicable cuanto que pasaba entonces detrás del disco invisible de la Luna. Pero cuando tuvo que reaparecer en el disco visible, juzguemos la impaciencia de J.-T. Maston y su compañero, no menos impaciente que él. Cada minuto de la noche, creían ver de nuevo el proyectil, ¡y no era así! De ahí, entre ellos, incesantes discusiones, violentas discusiones. Belfast afirmó que el proyectil no era visible, J.-T. Maston sostuvo que "saltaba a la vista".

—Es el proyectil, repitió J.-T. Maston.

—¡No! —respondió Belfast. ¡Es una avalancha que sale de una montaña lunar!

—Bueno, ya veremos mañana.

—¡No! ¡No lo volveremos a ver! Está siendo arrastrado al espacio.

—¡Sí!

—¡No!

Y en esos momentos en que las interjecciones llovían como el granizo, la conocida irritabilidad del secretario del Gun-Club era un peligro constante para el honorable Belfast.

Esta convivencia de dos hombres pronto se habría vuelto imposible; pero un acontecimiento inesperado cortó estas eternas discusiones.

Durante la noche del 14 al 15 de diciembre, los dos amigos irreconciliables se dedicaron a observar el disco lunar. J.-T. Maston insultó, según su costumbre, al científico Belfast, que a su vez se enfurecía. El secretario del Gun-Club sostuvo por milésima vez que acababa de ver el proyectil, añadiendo que se había visto la cara de Michel Ardan a través de uno de los ojos de buey. Apoyó su argumento con una serie de gestos que su formidable garfio hizo muy alarmantes.

En ese momento, el criado de Belfast apareció en el andén (eran las diez de la noche) y le entregó un despacho. Era el telegrama del comandante del *Susquehanna*.

Belfast abrió el sobre, lo leyó y gritó.

—¿Qué?, dijo J.-T. Maston.

—¡El proyectil!

—¿Y bien?

—¡Ha vuelto a caer a la Tierra!

Un nuevo grito, esta vez un aullido, le respondió.

Se dirigió a J.-T. Maston. El desafortunado hombre, inclinado descuidadamente sobre el tubo metálico, había desaparecido en el enorme telescopio. ¡Una caída de doscientos ochenta pies! Belfast, angustiado, se precipitó hacia la abertura del reflector.

Respiró, J.-T. Maston, sostenido por su garfio metálico, se aferraba a uno de los puntales que sostenían el telescopio. Gritó con fuerza.

Belfast vocea. Vinieron sus ayudantes. Se instalaron polipastos y se izó, con cierta dificultad, al imprudente secretario del Club de Armas.

Volvió indemne al orificio superior.

—¡Ay!, dijo: ¡como hubiera roto el espejo!

—Habrías pagado por ello —replicó Belfast con severidad.

—¿Y dónde ha caído el maldito proyectil? —preguntó J.-T. Maston.

—¡En el Pacífico!

—Vayamos.

Un cuarto de hora más tarde, los dos científicos descendían por la ladera de las Montañas Rocosas, y dos días más tarde, junto con sus amigos del Gun-Club, llegaron a San Francisco, habiendo reventado cinco caballos en su camino.

Elphiston, hermano de Blomsberry, Bilsby, se precipitaron hacia ellos a su llegada.

—¿Qué hacemos?, gritaban.

—Saca el proyectil —respondió J.-T. Maston, ¡y lo antes posible!

CAPÍTULO XXII

El rescate

Se conocía con exactitud el lugar donde el proyectil se había hundido bajo las olas. Todavía faltaban los instrumentos para atraparlo y devolverlo a la superficie del océano. Había que inventarlos y luego fabricarlos. Los ingenieros estadounidenses no podían anonadarse por tan poco. Una vez establecidos los ganchos de sujeción y con la ayuda del vapor, estaban seguros de elevar el proyectil, a pesar de su peso, disminuido por la densidad del líquido en el que estaba sumergido.

Pero pescar el proyectil no fue suficiente. Era necesario actuar con rapidez en interés de los viajeros. Nadie dudaba de que seguían vivos.

—Sí, repitió J.-T. Maston, cuya confianza se estaba ganando a todos, nuestros amigos son gente inteligente, y no pueden haber caído como tontos. Están vivos, muy vivos, pero debemos apresurarnos a encontrarlos como tales. La comida, el agua, ¡no es lo que me preocupa! Tienen para mucho tiempo. ¡Pero el aire, el aire! Eso es lo que pronto les faltará. Así que daos prisa, daos prisa.

Y se movieron movíamos rápido. El *Susquehanna* se estaba preparando para su nuevo destino. Su poderosa maquinaria fue dispuesta para ser colocada en las cadenas de remolque. El proyectil de aluminio pesaba sólo diecinueve mil doscientas cincuenta libras, mucho menos que el peso del cable transatlántico que se levantó en condiciones similares. La única dificul-

207

tad era recuperar una bola cilíndrica-cónica que era difícil de enganchar debido a sus paredes lisas.

Para ello, el ingeniero Murchison, que había acudido a San Francisco, hizo instalar unos enormes garfios automáticos que no soltarían el proyectil si conseguían agarrarlo con sus poderosas garras. También hizo preparar trajes de buceo que, bajo su envoltura impermeable y resistente, permitían a los buceadores reconocer el fondo del mar. También llevó a bordo del *Susquehanna* algunos dispositivos de aire comprimido ingeniosamente diseñados. Eran verdaderas cámaras, perforadas con ojos de buey, que el agua, introducida en ciertos compartimentos, podía llevar a grandes profundidades. Estos dispositivos existían en San Francisco, donde se habían utilizado para construir una presa submarina. Y esto fue una suerte, porque no habría habido tiempo para construirlos.

Sin embargo, a pesar de la perfección de estos dispositivos, a pesar del ingenio de los científicos encargados de utilizarlos, el éxito de la operación estaba todo menos asegurado. ¡Qué posibilidades tan inciertas, ya que se trataba de recuperar ese proyectil a veinte mil pies bajo el agua! Entonces, aunque el proyectil saliera a la superficie, ¿cómo habrían soportado sus viajeros el terrible choque que veinte mil pies de agua no habrían amortiguado suficientemente?

Por último, era necesario actuar lo más rápidamente posible. J.-T. Maston presionaba a sus trabajadores día y noche. Estaba dispuesto a ponerse la escafandra o a probar aparatos de aire para ver cómo les iba a sus valientes amigos.

Sin embargo, a pesar de la diligencia con la que se realizaron los diversos dispositivos, a pesar de las considerables sumas que el Gobierno de la Unión puso a disposición del Club de Armas, transcurrieron cinco largos días, ¡cinco siglos! antes de que se completaran estos preparativos. Durante este tiempo, la opinión pública estaba muy excitada. Los telegramas se intercambiaban incesantemente en todo el mundo por medio de hilos y cables eléctricos. El rescate de Barbicane, Nicholl y Michel Ardan fue un asunto internacional. Todas las naciones que habían suscrito el préstamo del Gun-Club estaban directamente interesadas en la salvación de los viajeros.

Por último, las cadenas de arrastre, las cámaras de aire y las pinzas automáticas se llevaron a bordo del *Susquehanna*. J.-T. Maston, el ingeniero Murchison, los delegados del Gun-Club ya estaban en sus cabañas. Lo único que quedaba por hacer era partir.

El 21 de diciembre, a las ocho de la tarde, la corbeta zarpó con un buen mar, con una brisa del noreste y un frío bastante intenso. Toda la población de San Francisco se agolpó en los muelles, conmovida, pero en silencio, reservando sus gritos para el viaje de vuelta.

El vapor fue llevado a su máximo límite, y la hélice del *Susquehanna* lo sacó rápidamente de la bahía.

No es necesario relatar las conversaciones a bordo entre los oficiales, los marineros y los pasajeros. Todos estos hombres sólo tenían un pensamiento. Todos estos corazones palpitaban con la misma emoción. Mientras corríamos en su ayuda, ¿qué hacían Barbicane y sus compañeros? ¿Qué les estaba pasando? ¿Estaban en condiciones de intentar alguna maniobra audaz para ganar su libertad? Nadie podría decirlo. La verdad es que todos los medios habrían fracasado. Sumergida casi dos leguas bajo el océano, esta prisión de metal desafiaba los esfuerzos de sus prisioneros.

El 23 de diciembre, a las ocho de la mañana, tras una rápida travesía, el *Susquehanna* había llegado al lugar del desastre. Hasta el mediodía no se pudo obtener un rumbo preciso. La boya en la que se sujetó el cable de sondeo aún no había sido avistada.

A mediodía, el capitán Blomsberry, asistido por sus oficiales que controlaban la observación, expuso su punto de vista en presencia de los delegados del Gun-Club. Hubo entonces un momento de ansiedad. Se determinó la posición del *Susque-*

hanna, que se encontraba en el oeste, a pocos minutos del mismo lugar donde el proyectil había desaparecido bajo las olas.

Por lo tanto, la dirección de la corbeta se dio para llegar a este punto preciso.

A las 12:47 p.m., la boya fue avistada. Estaba en perfectas condiciones y debía de haber ido muy poco a la deriva.

—¡Por fin!, exclamó J.-T. Maston.

—¿Comenzamos? —preguntó el capitán Blomsberry.

—Sin perder un segundo —respondió J.-T. Maston.

Se tomaron todas las precauciones para mantener la corbeta en completa inmovilidad.

Antes de intentar capturar el proyectil, el ingeniero Murchison quería determinar su posición en el fondo del océano. Los dispositivos submarinos, destinados a esta búsqueda, recibieron su suministro de aire. El manejo de estos dispositivos no está exento de peligro, ya que, a veinte mil pies bajo la superficie del agua y bajo una presión tan considerable, están expuestos a roturas cuyas consecuencias serían terribles.

J.-T. Maston, el hermano de Blomsberry y el ingeniero Murchison, sin tener en cuenta estos peligros, ocuparon sus puestos en las cámaras de aire. El comandante, en su puente, presidía la operación, listo para parar o tirar de sus cadenas a la menor señal. La hélice se había desenganchado, y toda la potencia de los motores aplicada al cabrestante había llevado rápidamente el aparato de aire a bordo.

El descenso comenzó a la una y veinticinco minutos de la tarde, y la cámara, arrastrada por sus tanques llenos de agua, desapareció bajo la superficie del océano.

La emoción de los oficiales y marineros a bordo se dividía ahora entre los prisioneros del proyectil y los del aparato submarino. En cuanto a estos últimos, se olvidaron de sí mismos y, pegados a las ventanas de los ojos de buey, observaron atentamente las masas líquidas que atravesaban.

El descenso fue rápido. A las dos horas y diecisiete minutos, J.-T. Maston y sus compañeros habían llegado al fondo del Pacífico. Pero no vieron nada, salvo ese árido desierto donde ya no se encontraban ni la fauna ni la flora marina. A la luz de sus lámparas con potentes reflectores, pudieron observar las oscuras capas de agua en un radio bastante amplio, pero el proyectil permanecía invisible a sus ojos.

La impaciencia de estos audaces buceadores es indescriptible. Estando su aparato en comunicación eléctrica con la corbeta, hicieron una señal acordada, y el *Susquehanna* llevó su cámara suspendida a unos pocos pies del suelo a lo largo de una milla.

Así exploraron toda la llanura submarina, engañados a cada momento por ilusiones ópticas que les rompían el corazón. Aquí una roca, allí una exhumación del fondo, se les aparecía como el proyectil tan buscado; entonces pronto reconocieron su error y se desesperaron.

—¿Pero dónde están? ¿Dónde están?, gritó J.-T. Maston.

Y el pobre hombre llamó en voz alta a Nicholl, Barbicane, Michel Ardan, ¡como si sus desafortunados amigos hubieran podido oírle o responderle a través de este medio impenetrable!

La búsqueda continuó en estas condiciones hasta que el aire viciado del aparato aéreo obligó a los buzos a ascender.

El transporte comenzó sobre las seis de la tarde y no se completó antes de la medianoche.

—Hasta mañana, dijo J.-T. Maston, al entrar en la cubierta de la corbeta.

—Sí —dijo el capitán Blomsberry.

—Y en otro lugar.

—Sí.

J.-T. Maston no dudaba aún del éxito, pero sus compañeros, ya no exaltados por la excitación de las primeras horas, comprendían ya la dificultad de la empresa. Lo que parecía fácil en San Francisco, parecía aquí, en medio del océano, casi imposible de conseguir. Las posibilidades de éxito se redujeron considerablemente, y sólo el azar se encargaría de encontrar el proyectil.

Al día siguiente, 24 de diciembre, a pesar del cansancio del día anterior, se reanudó la operación. La corbeta se desplazó unos minutos hacia el oeste, y los aparatos provistos de aire volvieron a llevar a los mismos exploradores a las profundidades del océano.

Todo el día se pasó en búsquedas infructuosas. El fondo del mar estaba desierto. El día 25 no hubo resultados. Ninguno el día 26.

Era inútil. Todos pensaban en aquellos desafortunados que habían estado atrapados en el proyectil durante veintiséis días. Tal vez en este momento estaban sintiendo los primeros efectos de la asfixia, ¡si es que habían escapado a los peligros de su caída! El aire se estaba acabando y, sin duda, con el aire, el valor, ¡la moral!

—El aire es posible, respondía invariablemente J.-T. Maston, pero nunca la moral.

El día 28, tras dos días más de búsqueda, se perdió toda esperanza. ¡Este proyectil era un átomo en la inmensidad del mar! Tuvieron que renunciar a tratar de encontrarlo.

Sin embargo, J.-T. Maston no quería oír hablar de irse. No se iría del lugar sin al menos encontrar la tumba de sus amigos. Pero el comandante Blomsberry no podía ser más obstinado y, a pesar de las quejas del digno secretario, tuvo que dar la orden de zarpar.

A las nueve de la mañana del 29 de diciembre, el *Susquehanna*, con rumbo noreste, reanudó su camino hacia la bahía de San Francisco.

Eran las diez de la mañana. La corbeta se alejaba como a regañadientes del lugar del desastre, cuando un marinero, subido en la cofa, que vigilaba el mar, gritó de repente:

—Una boya a sotavento.

Los oficiales miraron en la dirección indicada. Con sus catalejos reconocieron que el objeto reportado tenía efectivamente la apariencia de esas boyas que se utilizan para marcar los pasos de bahías o ríos. Pero, como detalle singular, una bandera, flotando en el viento, coronaba su cono que emergía de cinco a seis pies. Esta boya brillaba a la luz del sol como si sus paredes fueran de chapa de plata.

El comandante Blomsberry, J.-T. Maston y los delegados del Gun-Club, estaban en el puente, y estaban examinando ese objeto que vagaba aventuradamente sobre las olas.

Todos miraban con febril ansiedad, pero en silencio. Ninguno de ellos se atrevió a formular el pensamiento que estaba en la mente de todos.

La corbeta se acercó a menos de dos cables del objeto.

Un escalofrío recorrió su equipo.

Este pabellón era el pabellón americano.

En ese momento, se escuchó un verdadero rugido. Era el valiente J.-T. Maston, que acababa de caer como un mazo. Olvidando, por un lado, que su brazo derecho había sido sustituido por un garfio de hierro y, por otro, que un simple gorro de gutapercha cubría su cráneo, acababa de darse un golpe formidable.

Se precipitaron hacia él. Lo levantaron. Fue devuelto a la vida. ¿Y cuáles fueron sus primeras palabras?

—¡Ah! ¡Triples brutos! ¡Cuádruples idiotas! ¡Quíntuples bobos que somos!

—¿Qué pasa? —gritaba la gente a su alrededor.

—¿Que qué pasa?

—Sí, hable.

—¡Ay, tontos, —gritó el terrible secretario—, ay, que el proyectil pesa sólo diecinueve mil doscientas cincuenta libras!

—¿Y bien?

—¡Y que mueve veintiocho barriles, es decir, cincuenta y seis mil libras, y que, en consecuencia, flota!

¡Ah!, ¡cómo enfatizó el digno hombre el verbo "flotar"! ¡Y era la verdad! ¡Todos, sí!, todos estos científicos habían olvidado esta ley fundamental: que, debido a su ligereza específica, el proyectil, después de haber sido llevado por su caída a las mayores profundidades del océano, tenía que volver naturalmente a la superficie. Y ahora flotaba tranquilamente sobre las olas…

Los botes fueron arriados. J.-T. Maston y sus amigos se habían apresurado a entrar. La emoción estaba a flor de piel. Todos los corazones palpitaban, mientras los botes se acercaban al proyectil. ¿Qué contendría? ¿Estaban vivos o muertos? Vivos, sí, vivos, a menos que la muerte haya golpeado a Barbicane y a sus dos amigos desde que enarbolaron esa bandera.

Un profundo silencio reinaba en los botes. Todos los corazones latían agitados. Los ojos ya no podían ver. Una de las ventanas del proyectil estaba abierta. Unos trozos de cristal, dejados en el marco, demostraron que se había roto. Este ojo de buey estaba colocado a cinco pies por encima de las olas.

Un bote se acerca, el de J.-T. Maston. J.-T. Maston corrió hacia la ventana rota…

En ese momento se oyó una voz alegre y clara, la voz de Miguel Ardan, gritando con la voz de la victoria:

—¡Blanco doble, Barbicane, blanco doble!

Barbicane, Michel Ardan y Nicholl estaban jugando al dominó.

CAPÍTULO XXIII

Para concluir

Se recuerda la inmensa simpatía que acompañó a los tres viajeros en su partida. Si al principio de la empresa habían despertado tanta emoción en el viejo y el nuevo mundo, ¿qué entusiasmo iba a recibir su regreso? ¿No se apresurarían aquellos millones de espectadores que habían invadido la península de Florida a conocer a estos sublimes aventureros? ¿Acaso estas legiones de extranjeros, llegados de todas partes del mundo a las costas americanas, no abandonarían el territorio de la Unión sin haber vuelto a ver a Barbicane, Nicholl y Michel Ardan? No, y la ardiente pasión del público debía responder con dignidad a la grandeza de la empresa. Las criaturas humanas que habían abandonado el esferoide terrestre, que regresaban después de este extraño viaje por los espacios celestes, no podían dejar de ser recibidas como lo sería el profeta Elías cuando bajó a la tierra. Verlos primero, y luego escucharlos, era el deseo general.

Este deseo iba a cumplirse muy rápidamente para la opinión casi unánime de los habitantes de la Unión.

Barbicane, Michel Ardan, Nicholl y los delegados del Gun-Club, que regresaron a Baltimore sin demora, fueron recibidos con un entusiasmo indescriptible. Las notas de viaje del presidente Barbicane estaban listas para ser entregadas al público. El *New York Herald* compró el manuscrito a un precio que aún no se conoce, pero cuyo importe debe ser excesivo. De hecho, durante la publicación del *Viaje a la Luna*, la tirada de este periódico ascendió a cinco millones de ejemplares. Tres días después del regreso de los viajeros a la Tierra, se conocieron los más mínimos detalles de su expedición. Sólo faltaba ver a los héroes de esta empresa sobrehumana.

La exploración de Barbicane y sus amigos alrededor de la Luna había permitido comprobar las diversas teorías aceptadas sobre el satélite terrestre. Estos científicos habían observado la Luna "de primera mano", y en condiciones muy especiales. Ahora se sabía qué teoría debían rechazarse, cuáles debían aceptarse, sobre la formación de esta estrella, sobre su origen, sobre su habitabilidad. Su pasado, su presente, su futuro, habían entregado incluso sus últimos secretos. ¿Qué se puede decir a los observadores concienzudos que observaron en cuarenta kilómetros esta curiosa montaña de Tycho, el más extraño sistema de orografía lunar? ¿Qué se puede decir a esos científicos cuyos ojos se hundieron en el abismo del circo de Platón? ¿Cómo contradecir a estos audaces hombres cuyos intentos fortuitos los habían llevado por encima de esta cara invisible del disco, que ningún ojo humano había visto hasta entonces? Ahora tenían derecho a imponer sus límites a esta ciencia selenográfica que había recompuesto el mundo lunar como Cuvier había recompuesto el esqueleto de un fósil, y a decir: ¡La Luna era esto, un mundo habitable y habitado antes que la Tierra! La Luna es eso, un mundo inhabitable y ahora deshabitado.

Para celebrar el regreso del más ilustre de sus miembros y de sus dos compañeros, el Gun-Club pensó en darles un banquete, pero un banquete digno de estos triunfos, digno del pueblo americano, y en condiciones tales que permitieran a todos los habitantes de la Unión tomar parte directa.

Todos los ferrocarriles del Estado estaban unidos por raíles volantes. A continuación, en todos los puestos, engalanados con las mismas banderas, decorados con los mismos adornos, se colocaron las mesas y se sirvieron uniformemente. A determinadas horas, sucesivamente calculadas, leídas en relojes eléctricos que marcan el segundo en el mismo momento, se invitaba a las poblaciones a ocupar sus lugares en las mesas del banquete.

Durante cuatro días, del 5 al 9 de enero, los trenes fueron suspendidos, como los domingos, en los ferrocarriles de la Unión, y todas las vías permanecieron libres.

Sólo una locomotora de alta velocidad, conduciendo un coche de honor, pudo circular durante esos cuatro días por las vías estadounidenses.

La locomotora, montada por un conductor y un maquinista, llevaba, por insignia de honor, al honorable J.-T. Maston, secretario del Gun-Club.

El vagón estaba reservado para el presidente Barbicane, el capitán Nicholl y Michel Ardan.

Al silbido del maquinista, después de los hurras, las aclamaciones y todas las onomatopeyas admirativas del lenguaje americano, el tren salió de la estación de Baltimore. Viajaba a una velocidad de ochenta leguas por hora. Pero, ¿qué era esa velocidad comparada con la que había llevado a los tres héroes fuera del Columbiad?

Y así fueron de pueblo en pueblo, encontrando a la gente sentada en la mesa a su paso, saludándolos con los mismos vítores, dándoles los mismos aplausos. Así, atravesaron la parte oriental de la Unión a través de Pennsylvania, Connecticut, Massachusetts, Vermont, Maine y New Brunswick; cruzaron el norte y el oeste a través de Nueva York, Ohio, Michigan y Wisconsin; descendieron hacia el sur a través de Illinois, Missouri, Arkansas, Texas y Louisiana; corrieron hacia el sureste a través de Alabama y Florida; subieron por Georgia y las Carolinas; visitaron el centro a través de Tennessee, Kentucky, Virginia, Indiana; luego, después de la estación de Washington, volvieron a Baltimore, y durante cuatro días pudieron creer que los Estados Unidos de América, sentados en un único e inmenso banquete, los saludaban simultáneamente con los mismos hurras.

La apoteosis fue digna de estos tres héroes a los que la leyenda habría colocado en el rango de semidioses.

Y ahora, ¿se traducirá en algún resultado práctico este intento sin precedentes en los anales de los viajes? ¿Se establecerán alguna vez comunicaciones directas con la Luna? ¿Se establecerá un servicio de navegación espacial para servir al mundo solar? ¿Iremos de planeta en planeta, de Júpiter a Mercurio, y más tarde de estrella en estrella, de la Polar a Sirio? ¿Habrá un modo de locomoción para visitar estos soles que pululan en el firmamento?

Estas preguntas no tienen respuesta. Pero, conociendo el atrevido ingenio de la raza anglosajona, a nadie le extrañará que los norteamericanos intentaran aprovecharse del intento del presidente Barbicane.

Así, algún tiempo después del regreso de los viajeros, el público recibió con marcado favor los anuncios de una Sociedad Limitada, con un capital de cien millones de dólares, dividido en cien mil acciones de mil dólares cada una, bajo el nombre de *National Interstellar Communications Corporation*. Presidente, Barbicane; vicepresidente, Capitán Nicholl; secretario de administración, J.-T. Maston; director de movimientos, Michel Ardan.

Y como está en el temperamento americano prever todo en los negocios, incluso la bancarrota, el honorable Harry Troloppe, juez comisionado, y Francis Dayton, síndico, fueron nombrados por adelantado.

ÍNDICE

Nos encuentras en:
www.mestasediciones.com